LE MASQUE
Collection de romans d'aventures
créée par
ALBERT PIGASSE

Fantasmes

Née à Londres en 1930, Ruth Rendell est d'abord journaliste puis publie son premier roman, *Un amour importun*, en 1964. De l'Edgar pour *Ces choses-là ne se font pas* au Prix du Roman d'Aventures pour *Le Maître de la Lande*, en passant par le Golden Dagger Award qu'elle décroche par deux fois, les plus hautes récompenses littéraires du monde entier l'ont distinguée comme l'un des plus grands auteurs de romans policiers de tous les temps, à mi-chemin entre Agatha Christie et Patricia Highsmith.

DU MÊME AUTEUR

DANS LE MASQUE :

Qui a tué Charlie Hatton ?
Fantasmes
Le Pasteur détective
L'Analphabète
L'Enveloppe mauve
Ces choses-là ne se font pas
Étrange créature
Le Petit été de la Saint-Luke
Reviens-moi
La Banque ferme à midi
Un amour importun
Le Lac des ténèbres
L'inspecteur Wexford
Le Maître de la lande
Prix du Roman d'Aventures 1982
La Fille qui venait de loin
La Fièvre dans le sang
Son âme au diable
Morts croisés
Une fille dans un caveau
Et tout ça en famille...
Les Corbeaux entre eux
Une amie qui vous veut du bien
La Police conduit le deuil
La Maison de la mort
La Danse de Salomé
Qui ne tuerait le mandarin ?
Meurtre indexé
Le Jeune homme et la mort
Les Désarrois du Pr. Sanders

DANS LE CLUB DES MASQUES :

Qui a tué Charlie Hatton ?
La Danse de Salomé
Le Petit été de la Saint-Luke
Le Lac des ténèbres
Ces choses-là ne se font pas
Fantasmes
Qui ne tuerait le mandarin ?
Et tout ça en famille
Un amour importun

DANS LES INTÉGRALES DU MASQUE :

Tome I — Les Wexford
Tome 2 — Les années 1965-1979
Tome 3 — Les Wexford II

EN GRAND FORMAT :

Amour en sept lettres
L'Analphabète

Ruth Rendell

Fantasmes

Traduction nouvelle d'Erick Grisel

LIBRAIRIE DES CHAMPS-ÉLYSÉES

CE ROMAN A PARU SOUS LE TITRE ORIGINAL :

VANITY DIES HARD

Pour les Saville :
Patricia et Derek,
Mark et Caroline

La vanité meurt difficilement ; quelquefois même, elle survit à l'homme.

R.L. STEVENSON

1

La pluie cessa lorsqu'ils arrivèrent en ville, mais il restait un peu partout des flaques d'eau fouettées par le vent. Des feuilles mouillées s'abattaient contre le pare-brise et recouvraient le trottoir comme un tas de guenilles.

— C'est bon si je te dépose là ? demanda Hugo.

Il arrêta la voiture sur un parking dont les marquages formaient un jeu inextricable de lignes blanches.

— Nous sommes un peu en retard, alors, si tu penses que tu peux...

— Tu pourrais l'accompagner jusqu'au bout, lui dit sa femme. Je te trouve mesquin de lâcher les gens dans la nature, comme si tu conduisais un bus. En plus, il va se remettre à pleuvoir.

— Je t'ai dit qu'on était en retard, répliqua Hugo d'un ton cassant.

Il se retourna vers sa sœur.

— Ça ira comme ça, Alice ? Bon, maintenant, voilà le programme. Je vais vite faire un tour avec Jackie à l'usine *Laques et Vernis* — il y a une sorte de cocktail d'affaires à 4 heures — mais on ne devrait pas en avoir pour longtemps. On se retrouve ici à 5 heures, O. K. ?

— Parfait, dit Alice.

Elle prit son sac et son parapluie et ouvrit la portière de la voiture.

— Ne fais pas attention à ce qu'il dit, intervint Jackie. Moi, je te promets qu'on viendra te chercher chez Nesta. Au fait, rappelle-moi son adresse.

— *Saulsby* — S, a, u, l, s, b, y —, Chelmsford Road, mais je peux très bien...

— Pas question. (Elle foudroya son mari du regard, et ses épaisses boucles brunes vibrèrent comme des antennes.) S'il avait une once de savoir-vivre... Oh ! et puis, à quoi bon, ajouta-t-elle voyant que son mari appuyait déjà sur la pédale d'embrayage.

Hugo, contenant avec peine sa colère, tendit ostensiblement son poignet gauche pour montrer le cadran de sa montre. Debout sur le trottoir, Alice leur fit un petit signe de la main.

— Mes amitiés à Nesta et tout le reste, cria Jackie. J'espère qu'elle ne sera pas encore en pleine crise de déprime, sinon, arrange-toi pour lui remonter le moral avant qu'on arrive.

Nesta, en pleine crise de déprime... C'était tout à fait probable. Cela expliquerait ce long silence et son refus apparent de répondre à la plupart des lettres d'Alice. Peut-être n'aurait-elle pas dû venir. En tout cas, elle aurait mieux fait de prendre sa propre voiture, au lieu de demander à son frère, sur un coup de tête, de la déposer sur son chemin. Chelmsford Road pouvait se trouver n'importe où, et pourquoi pas à l'autre bout de la ville.

Ainsi donc, c'était Orphingham, cette rue principale étroite à l'architecture soigneusement préservée, avec des maisons que l'on disait

« d'époque » parce que la plupart d'entre elles avaient été construites avant le dix-neuvième siècle, quelques magasins nouvellement implantés et des platanes dont l'écorce partait en lambeaux, comme des écailles de peinture vert olive. Alice leva les yeux et vit un château perché sur les hauteurs verdoyantes. Les interstices, entre les bâtiments, laissaient voir l'Orph qui serpentait dans les prairies humides. Alice trouva que cette rivière avait peu changé depuis le temps où Constable en avait peint les méandres et les rives bordées de saules pleureurs. Un endroit charmant pour une femme de goût, ou un refuge pour un esprit fatigué.

Devant la mairie, il y avait un plan de la ville protégé par une vitre. Alice repéra aussitôt Chelmsford Road. Quand elle réalisa que la rue de Nesta était une de celles qui convergeaient vers le carrefour où elle se trouvait, elle ressentit une joie exagérée qui la fit sourire. Dès qu'elle s'engagea dans la rue, elle constata que celle-ci portait bien son nom puisqu'elle conduisait au quartier de Chelmsford. Cette rue, plus large que la précédente mais plus opulente que réellement belle, portait les caractéristiques de la riche banlieue. La plupart des maisons se dressaient à l'écart, à moitié dissimulées par de hauts murs dans lesquels s'encastraient des portails surmontés d'une voûte.

Ce n'était pas ce qu'Alice avait imaginé pour Nesta. Elle s'était représenté un cottage avec des pommiers en espaliers et un porche incrusté de coquillages. « Une petite maison avec un humble toit pour vous protéger de la pluie », aurait dit Herrick. Il n'y avait rien dans ce genre-là par ici, seulement d'immenses maisons à pignons avec des tourelles. Nesta avait probablement loué un appartement dans l'une d'entre elles.

Une légère bruine s'était mise à tomber. Alice enfila son imperméable en nylon qui se repliait dans une poche et ouvrit son parapluie. Tout en effectuant ces gestes, elle revit la silhouette élancée de Nesta et son allure impeccable. Elle se souvint aussi de son parapluie noir en forme de pagode, avec un manche fin qui devait être en onyx. Un soupir lui échappa. Elle n'avait pas besoin d'un miroir pour savoir exactement à quoi elle ressemblait : à une Anglaise aux yeux bleus, pas trop laide mais plus très jeune, et ne valant certainement pas un second coup d'œil. Au moment où elle leva sa main gauche pour repousser une mèche de ses cheveux blonds, une goutte de pluie tomba sur son alliance flambant neuf. Le soupir devint sourire. Qu'importait son âge, son physique anodin et la comparaison avec les autres femmes puisqu'elle avait Andrew.

Elle commença à descendre Chelmsford Road d'un pas alerte. Comme elle s'en était rendu compte en notant l'adresse de Nesta, les maisons ne portaient pas de numéro mais des noms. *Villa Orphingham* — sûrement la demeure d'un riche dentiste —, *El Kantara, Les Hêtres*... De l'autre côté, la même succession de noms distingués. La dernière grande maison jouxtait un bungalow entouré d'un jardin au sol aride et planté de cerisiers japonais dont les branches nues s'incurvaient vers le ciel comme celles d'un parapluie retourné par le vent.

Il ne restait, au-delà, qu'une rangée de maisons attenantes. Alice écarquilla les yeux de surprise. Ce bloc noirâtre de maisons victoriennes semblait tellement déplacé dans cette rue prospère qu'elle se demanda si elle ne rêvait pas. Petites et étriquées, les bâtisses contrastaient avec les collines vertes et rebondies qui s'élevaient en arrière-plan, évoquant ces habitations de mineurs noircies par le charbon.

Sous l'avant-toit de chacune, on pouvait distinguer une plaque de stuc avec un nom et la date de la construction : 1872. Le temps et la poussière avaient effacé les lettres. Pour lire la plaque de la première maison, Alice dut s'approcher et se pencher par-dessus une grille de fer.

Alice ressentit un léger pincement au cœur, comme une pointe de déception. La maison s'appelait *Kirby*. Celle de Nesta devait être une des suivantes, à coup sûr. Mais comment avait-elle pu *décemment* s'installer ici après avoir habité Salstead ? Helicon Lane était un endroit si charmant ! Des pins écossais abritaient la petite boutique de fleuriste aux marches escarpées et aux grilles en fer forgé. Dans l'avant-cour, près du trottoir, se dressait le fameux chêne de Salstead dont le tronc creux formait un tunnel assez large, disait-on, pour laisser passer un homme à cheval, et dont les branches croulaient sous le gui.

De tout ça, Alice se garda bien de tirer des conclusions trop hâtives. Le côté sombre de son caractère, cette tendance au pessimisme qui lui faisait toujours craindre le pire ne s'étaient plus manifestés depuis son mariage. Andrew lui avait appris la gaieté, la frivolité, presque. Elle releva stoïquement la tête. *Kirby, Garrowby, Sewerby* et... oui, *Revesby*. Ce n'était donc pas l'une d'entre elles. Alice poussa un soupir de soulagement.

Et pourtant... N'était-ce pas plutôt étrange de passer en revue quatre maisons dont le nom finissait de la même façon que *Saulsby* et de ne pas y trouver le nom de *Saulsby* ? Peut-être y en avait-il d'autres, plus jolies que celles-ci ou quelque peu rénovées, tout au bout de la rue. Mais les maisons se firent de plus en plus rares sur les vingt derniers mètres et les trottoirs se transformèrent en accotements herbeux souillés par la boue et le gas-oil. Dans cette direction, il ne restait plus que le château d'Orphingham dont les tours grises et décharnées se dressaient vers un ciel chargé de nuages. Elle était arrivée à la sortie de la ville.

— Excusez-moi...

Une femme vêtue d'un ensemble en tweed et d'un imperméable arrivait par un sentier coupant à travers champs. Elle descendit lourdement les deux marches qui donnaient sur la route et s'avança vers Alice avec cet air soupçonneux qu'ont les gens lorsqu'ils sont abordés par des étrangers.

— Pouvez-vous me dire où se trouve la maison *Saulsby* ?

— À Chelmsford Road ?

— Oui. Je ne la trouve nulle part.

La femme montra du doigt les maisons ratatinées qui semblaient se renfrogner sous leur chape de nuages. Alice se renfrogna, elle aussi.

— Non, là-bas, c'est *Sewerby.*

— Vous faites une campagne électorale ? Il y a souvent des erreurs sur vos listes d'adresses. Ça doit-être *Sewerby* que vous cherchez.

— Je ne fais pas de campagne électorale. Je vais voir une amie.

Alice sortit son carnet d'adresses.

— Regardez, *Saulsby,* c'est écrit là.

Piquée par la curiosité, la femme regarda par-dessus l'épaule d'Alice.

— Elle m'a envoyé une lettre avec son adresse.

— À mon avis, il a dû y avoir une erreur quelque part. Vous devriez suivre mon conseil et demander à *Sewerby.*

Suivre son conseil... Pourquoi pas, puisqu'elle

le lui avait demandé ? Il n'y avait pas de sonnette sur la porte d'entrée délabrée de *Sewerby,* seulement un heurtoir en forme de soldat anglais. Alice frappa et attendit. Pendant trente secondes, aucun son ne lui parvint, puis elle entendit quelqu'un s'approcher d'un pas traînant et tirer le verrou. La porte s'ouvrit dans un grincement et un très vieil homme apparut. Son visage blême et son regard d'aveugle donnaient l'impression qu'il avait été enfermé dans le noir pendant des années. Une odeur de chou bouilli, de crasse et de camphre montait du hall plongé dans l'obscurité.

— Bonsoir, Monsieur. C'est bien ici qu'habite Mrs Drage ?

— Qui ça ?

— Mrs Drage. Mrs Nesta Drage.

— Il n'y a que moi ici, Madame.

Il portait un vieux costume trop large pour lui et sa chemise sans col était fermée au cou par un bouton en os. Sa peau avait pris l'aspect d'une croûte de fromage tant elle était épaisse et ridée.

— Je suis tout seul depuis que ma femme est partie, dit-il. Tout seul depuis 54.

— Mais Mrs Drage habitait là avant, insista Alice. Une jeune femme, vous ne voyez pas ? Très jolie, avec des cheveux blonds. Elle est arrivée de Salstead il y a environ trois mois. Je pensais qu'elle avait loué... (Elle eut un moment d'hésitation, ses illusions sur le niveau de vie de Nesta fondant comme neige au soleil :)... une chambre chez vous.

— Je ne loue jamais de chambres. Il faut vous adresser à Mrs Currie, à *Kirby.* Elle a une locataire qui travaille à l'hôpital et elle ne prend que des jeunes gens.

Ce n'était donc pas *Sewerby.* Elle avait eu raison. Elle vérifia encore une fois l'adresse dans son carnet : *Saulsby.* Nesta lui avait écrit deux fois et même si elle n'avait pas conservé les lettres, elle avait aussitôt recopié l'adresse. C'était incompréhensible, totalement absurde.

Elle refit, sans se presser, le trajet dans le sens inverse. *Les Hêtres, El Kantara, Beechwood, St Andrew, Villa Orphingham* et une vingtaine d'autres noms. Mais pas de *Saulsby,* pas le moindre *Saulsby* en vue.

Supposez que vous cherchiez une maison dont vous connaissez l'adresse exacte et que vous ne la trouviez pas. Comment orienter vos recherches ? « Vous faites une campagne électorale ? » C'était ça, la solution : la liste des électeurs !

Le commissariat de police se trouvait au centre de la ville entre un hôpital et un pub qui s'appelait *The Lion and the Lamb.* Évidemment, le policier, à l'accueil, n'avait jamais entendu parler de *Saulsby* mais il lui permit de regarder la liste des électeurs.

— Son nom ne figurera pas dessus si elle vient d'emménager, mais *Saulsby* devrait être indiqué quelque part... Tenez, regardez là, Chelmsford Road.

— *Kirby, Garroby, Sewerby, Revesby...*

Le visage d'Alice s'assombrissait au fur et à mesure qu'elle lisait à haute voix.

— Elle vous a écrit de cette adresse, madame ?

— Bien sûr. Deux fois, même.

— Eh bien, je ne sais pas quoi vous dire. (Il hésita un instant puis ajouta, soudainement inspiré :) Que fait-elle dans la vie ?

— Elle est fleuriste. Elle avait un magasin de fleurs à Salstead. Oh ! Vous voulez dire que je devrais faire le tour des fleuristes ?

— Il n'y en a que deux. Ce n'est pas la mer à boire.

La visite à la première boutique se solda par un échec. La seconde boutique était plus grande et plus animée. À l'intérieur, l'air humide exhalait une bonne odeur de printemps. Ce parfum particulier où se mêlaient l'âcreté des chrysanthèmes, la fraîcheur des roses et la langueur tenace des œillets, raviva le souvenir de Nesta comme rien d'autre n'aurait pu le faire. Il s'alliait parfaitement avec son joli visage poupin, ses cheveux dorés et son babillage incessant.

La femme qui était devant Alice commandait des fleurs pour un mariage. Au mois de mai dernier, quand Alice et Andrew s'étaient mariés, Nesta leur avait offert toutes les fleurs de sa boutique, de l'orchidée blanche cousue à la main sur un ruban de satin qu'Alice avait conservé dans un livre de prières, jusqu'aux lilas blancs qui avaient décoré les murs du salon de l'oncle Justin à Vair Place.

— Est-ce qu'une certaine Mrs Drage ne travaillerait pas chez vous ?

Elle faillit sauter de joie quand la gérante de la boutique lui répondit :

— Tout à fait. Elle s'occupe d'une commande dans l'arrière-boutique. Vous la verrez dans une minute.

L'enquête était terminée. Tandis qu'elle attendait son amie, Alice se sentit subitement partagée entre la honte... et l'envie ? Il n'y avait qu'une femme oisive pour rendre visite, un jour de semaine, à une amie qui travaille, et s'attendre à la trouver chez elle. Naturellement, Nesta devait gagner sa vie et elle ne pouvait sûrement pas s'absenter du magasin pendant longtemps. Mais peut-être arriverait-elle à persuader sa patronne de la laisser partir plus tôt cet après midi ou de lui accorder une pause plus longue que d'habitude. Elle se promit de faire un geste pour Nesta — elle vérifia dans son sac si l'épaisse liasse de billets qu'elle avait toujours sur elle était bien là. Ces orchidées, peut-être, ou une douzaine de ces roses rouges avec des longues tiges.

— Je vais l'appeler. Je ne sais pas ce qui la retient.

Tout en faisant un tour dans le magasin, Alice imagina ses retrouvailles avec Nesta. Elle était tellement contente de la revoir « Pourvu qu'elle soit remise de sa dépression », pensa-t-elle. Le changement d'air et d'environnement lui aura sûrement fait du bien. Dans un instant, elle franchirait cette porte et éviterait d'un mouvement de tête la branche de lierre qui retombait d'un panier suspendu. Elle porterait une blouse noire en nylon et ses mains seraient encore humides avec des morceaux de feuilles accrochés aux doigts. Un faible sourire éclairerait son visage comme si on venait de la réveiller d'un mauvais rêve, et elle l'accueillerait avec une de ses petites phrases toutes faites mais qui, chez elle, étaient toujours sincères :

— Tiens ! Quelle bonne surprise. Il y a si longtemps que je ne t'ai vue.

Une surprise ? Non, ce n'est pas cela qu'elle dirait, car Alice lui avait écrit pour lui dire qu'elle venait. Dans cinq minutes, le mystère de la maison fantôme serait élucidé.

Un bruit de papier froissé, puis des pas montèrent du fond de la boutique. Alice s'avança, radieuse.

— Nesta...

Son sourire se figea sur ses lèvres et elle porta la main à sa bouche.

— Voici Mrs Drake. Désolée de vous avoir fait attendre.

Sa déception fut si grande que les traits de son visage s'affaissèrent, dans une grimace presque comique. Les larmes lui montèrent aux yeux. Mrs Drake était une femme d'un certain âge, maigre et rougeaude.

— Je vous avais dit Mrs *Drage* !

— Oh ! Excusez-moi, mais j'étais persuadée...

Alice secoua la tête et fit demi-tour. C'était plus qu'elle ne pouvait en supporter. Elle resta plantée sur le trottoir à dévisager les passants d'un air triste, son parapluie pendouillant à son poignet comme une baudruche dégonflée et ruisselante. Et si Nesta se trouvait parmi eux ? D'ailleurs... Elle s'élança sous la pluie battante, marqua un temps d'arrêt, puis se mit à courir derrière une silhouette menue habillée d'un imperméable et d'un chapeau en plastique noir d'où s'échappaient des mèches blondes. Mais au moment où elle allongeait la main pour lui saisir le bras, la femme se retourna et découvrit un visage porcin à la peau grêlée et aux lèvres trop maquillées.

Tout en se retenant pour ne pas pleurer, Alice se sentit submergée par une vague de panique. C'était une sensation familière, cette peur soudaine, ce pressentiment d'un danger imminent. Familière mais lointaine, car masquée en partie par une année de bonheur sans nuages. Et dire que les gens la voyaient calme, posée, prosaïque !

Elle se sentit brusquement très jeune et vulnérable. Elle avait envie de pleurer, envie d'appeler Andrew. Bizarre, car les deux réactions étaient incompatibles. Son mari la considérait comme une femme forte, calme et maternelle. Essoufflée, elle tourna les talons et surprit dans la vitrine d'un magasin son image brouillée par la pluie, une grande femme solide avec de larges épaules faites pour supporter le chagrin des autres au lieu d'être secouées par les sanglots.

Alice avait souvent séché les pleurs de Nesta. Quand vous êtes jeune et jolie, vous pouvez pleurer sans que quelqu'un s'en offusque ou vous en fasse le reproche. Mais à quoi bon ressasser tout ça, maintenant ? Ressaisis-toi, se dit-elle, utilisant une des expressions favorites de Nesta. Elle remonta sa manche pour jeter un coup d'œil sur sa montre de platine sertie de diamants. Bientôt 4 heures. Dans une heure, Hugo et Jackie viendraient la chercher et, ne trouvant pas la maison, commenceraient à perdre patience. Elle n'allait quand même pas les attendre sous la pluie, assise sur le petit muret de *Sewerby*. Vue sous cet angle, la situation devenait presque comique. En tout cas, il n'y avait pas de quoi fondre en larmes.

En trente-huit années d'existence, Alice n'avait pratiquement jamais utilisé un téléphone public. Pour appeler en dehors de la ville, il fallait faire précéder le numéro d'un code spécial. Quel était le nom de l'usine où devait se rendre Hugo ? Il ne l'avait cité qu'une fois. Laques... planchers... peintures quelque chose... Elle ouvrit l'annuaire et tomba tout de suite dessus : *Laques et vernis* SARL. Loin de Salstead et des gens qui l'entouraient, Alice se sentait toujours timide, mal à l'aise, peu sûre d'elle. N'ayant jamais eu à se battre pour réussir dans la vie, elle redoutait tout ce qui ne lui était pas familier. Après avoir consulté la notice explicative, elle finit par trouver le code et composa le numéro avec application. Dehors, il commençait à faire noir. La pluie tambourinait sur le toit de la cabine et ruisselait le long des parois vitrées.

— Pourrais-je parler à Mrs Whittaker, s'il vous plaît ?

Elle sentit qu'elle aurait dû fournir une explication. Elle entendit une série de déclics accompagnés de grésillements, comme si quelqu'un se débattait avec les fils du standard, puis la voix étonnée et légèrement inquiète de Jackie résonna à ses oreilles.

— Allô ? C'est toi, Maman ?

— Non, c'est Alice.

— Oh, mon Dieu ! J'ai cru qu'il était arrivé quelque chose aux enfants. Qu'est-ce qui se passe ?

Alice lui raconta son aventure. En fond sonore, elle entendait des voix et des rires étouffés.

— Tu as sûrement dû faire une erreur, lui dit Jackie d'un ton brusque. Ce n'est pas la bonne adresse que tu as. Est-ce que tu as les lettres avec toi ?

— Non, je ne les ai pas. Je les ai jetées.

— Ah ! C'est bien de toi. Et tu as mal recopié l'adresse.

— C'est impossible, Jackie. Nesta avait laissé une bague chez Cropper pour la faire élargir. Je la lui ai expédiée à *Saulsby* et je lui ai écrit plusieurs fois. Elle a reçu la bague et m'a répondu pour me remercier. Elle m'a même envoyé deux livres pour me rembourser la réparation.

— Tu veux dire que tu as envoyé des lettres et un paquet à une adresse qui n'existe pas et que tu as reçu une réponse ? (La voix de Jackie s'était radoucie mais certaines de ses intonations, haut perchées, trahissaient une sorte d'excitation.) Écoute-moi bien, je passe te prendre et nous retournerons chercher Hugo.

2

— Bon, récapitulons. Quand elle a quitté Salstead au début du mois d'août, elle s'est montrée très vague sur ses projets. Elle t'a dit que rien n'était encore décidé et qu'elle allait t'avertir dès qu'elle serait installée. C'est ça ?

Alice acquiesça.

— Je n'avais pas envie de l'embêter avec mes questions, Jackie. Elle était si déprimée, à cette époque. Cela faisait trois ans qu'elle tenait cette boutique à Salstead, et elle disait qu'elle en avait assez. Cela ne doit pas être drôle de se retrouver veuve du jour au lendemain et de devoir gagner sa vie. Elle est si jeune !

— Pas si jeune que ça, dit Jackie en étirant ses jambes. Elle est plus vieille que moi. Elle a vingt-huit ans bien sonnés. (Puis elle ajouta d'un air pensif :) Un croisement entre une vache normande et une poupée de porcelaine, voilà à quoi elle m'a toujours fait penser.

Alice ne trouva pas la remarque pertinente. En remontant deux années en arrière, elle revit sa première visite au magasin « Le Bouquet de la mariée » que Nesta venait de prendre en gérance. Les couronnes de laurier et les plantes vertes avaient été remplacées par différentes espèces de fuchsias et des orchidées présentées dans des corbeilles d'osier. De nature indolente et romantique, Nesta avait toujours adoré les orchidées. Leur chair opaque et lustrée s'accordait avec son grain de peau, leurs pétales incurvés et nacrés reproduisaient la forme et la couleur de ses ongles. Alice la revit telle qu'elle était lors de leur première rencontre, vêtue de l'une de ses éternelles robes noires, seule tache sombre sous la masse de cheveux blonds qu'elle rassemblait en chignon bas et emprisonnait sous une résille.

— Cela faisait un mois qu'elle était partie quand je suis allée chez Cropper acheter la montre d'Andrew. Nesta y avait laissé sa bague de fiançailles pour la faire élargir.

— Ça ne m'étonne pas, l'interrompit Jackie. Elle avait grossi comme une malade. Je me rappelle avoir remarqué à quel point ses chevilles avaient enflé, un jour où je l'avais croisée en ville et qu'elle était juchée sur d'invraisemblables talons aiguilles.

— Toujours est-il qu'elle avait dû oublier de récupérer sa montre avant de partir. J'ai dit à Mr Cropper que je voulais bien la lui expédier par la poste mais que je ne connaissais pas son adresse.

— C'était avant que tu penses à mettre une annonce dans le *Times* ?

— Je savais pertinemment que Nesta ne lirait pas le *Times* mais je me disais qu'un de ses amis ou une de ses connaissances finirait bien par tomber sur l'annonce. J'étais donc en train de mettre tout ça au point quand j'ai reçu une lettre de Nesta. C'était juste quelques lignes, mais j'ai alors pu lui envoyer sa bague et elle m'a écrit une autre lettre pour me remercier. Enfin, tout ça, c'était il y a des semaines et des semaines.

Jackie sortit un paquet de cigarettes *Sobranie Cocktail* du sac de cuir tanné qu'elle ne quittait jamais, et en choisit une vert pâle qu'elle alluma d'un air réfléchi. La fumée s'éleva en spirales dans la voiture.

— Comment a-t-elle pu recevoir la bague si tu l'as envoyée à une fausse adresse ?

— Je ne sais pas, répondit Alice.

Au-dessus de leurs têtes, la pluie martelait un air monotone. On aurait dit le trottinement hâtif et régulier d'une paire de talons sur le pavé ou le pianotement nerveux de doigts aux ongles longs sur une plaque de métal.

— Tu devrais t'arranger un peu, dit Jackie en faisant démarrer la voiture. On se demande si tu as été happée par un cyclone ou si tu as été piétinée par les coureurs du marathon de New York.

Il y a un an, Alice aurait très mal pris ce genre de réflexion. Aujourd'hui, cela la faisait sourire.

— Je n'ai jamais été une *super nana.*

— D'où sors-tu cette expression ?

— Je n'ai pas besoin de séduire à tout prix. L'important, c'est que je plaise à mon mari.

— Ton Andrew est un homme très séduisant, dit Jackie d'un air espiègle.

— Je sais.

— J'ai toujours trouvé que les bruns étaient plus « sexy » que les blonds, pas toi ?

— Oh, Jackie, je ne me suis jamais posé la question.

— Eh bien, moi, je peux t'assurer qu'ils le sont. Franchement, ma chérie, je sais que tu ne m'en voudras pas si je te dis ça, mais je te trouve parfois trop sage. Je me suis souvent demandé comment tu avais fait pour rencontrer Andrew. Tu l'a dégoté dans un bled paumé, pendant un match amical, ou quoi ?

— Ce n'était pas un match amical, mais le jour de la fête de l'école. Et je ne l'ai pas « dégoté ». J'étais avec une amie qui accompagnait son petit garçon. Nous étions en train de discuter avec le prof d'anglais...

— Et le prof d'anglais, c'était Andrew.

— S'il te plaît, Jackie. Je croyais que tous les Whittaker de la région étaient au courant de l'histoire. Nous nous sommes écrit, et puis il m'a invitée à dîner. C'est comme ça que la plupart des femmes rencontrent leur mari, non ?

— Moi, j'ai rencontré Hugo dans un pub.

— Oui, je me le rappelle, mais par pitié, arrange-toi pour qu'Oncle Justin ne le sache jamais.

Jackie pouffa de rire. Une fois sortie de la ville, la voiture tourna sur la gauche et s'engagea sur une petite route récemment goudronnée. L'usine où se trouvait Hugo ressemblait à un immense champignon caoutchouteux surgi par miracle au milieu des champs. Il arriva à leur rencontre et se lança immédiatement, avec force gestes et tics nerveux, dans un récit détaillé de son entretien, assurant que le contrat était « dans la poche ».

— Ça ne nous intéresse pas ! lui dit Jackie avec vigueur.

— C'est bien dommage, car ça mettra du beurre dans tes épinards, et dans ceux d'Alice, par la même occasion. Allez, pousse-toi et laisse-moi conduire. Vous n'êtes qu'une bande de parasites qui profitez de l'entreprise familiale.

Il poussa un grognement de rage. Jackie alluma une longue cigarette bleue avec un calme étudié. Hugo huma l'air en faisant la grimace.

— Donne-m'en une, veux-tu ? Mais pas une des tiennes, une vraie cigarette. De toute façon, vous vous en fichez pas mal de l'entreprise, hein ? (Tous les Whittaker disaient « l'entreprise » en parlant de leur usine.) Vous n'en parlez jamais. Vous, vous menez une vie de cigale tandis que les fourmis font tout le boulot, les fourmis étant moi et Oncle Justin. (Il poussa un autre grognement.) Oh ! Et puis Andrew, bien sûr, ajouta-t-il après coup, dans une ultime concession faite à sa sœur.

Alice était habituée à ses sautes d'humeur, ses colères subites qui se dissipaient rapidement et ne portaient pas à conséquence.

— Je suis désolée d'avoir fait déplacer Jackie, dit-elle d'un ton pacifique. Comme tu as pu t'en douter, je n'ai pas trouvé Nesta. La maison n'était tout simplement pas là.

— Qu'est-ce que tu veux dire par : *elle n'était pas là* ? Oh ! Mais qu'est ce qu'il fout cet abruti devant ? !

Il freina brusquement, sortit la tête de la voiture, sous la pluie, et insulta copieusement le chauffeur d'un camion-citerne. La circulation était dense ; les voitures, collées pare-chocs contre pare-chocs, avançaient comme une chenille paresseuse et rutilante de lumières.

— On ne peut même pas te parler..., dit Jackie. Oh ! s'exclama-t-elle tout à coup, on aurait dû y penser plus tôt ! C'est au bureau de poste qu'il fallait aller.

La voiture faillit emboutir les feux arrière du camion, rendant encore plus menaçant l'avertissement peint sur la citerne : « danger, produit inflammable ».

— Hugo ! hurla Jackie, mais, bon sang, regarde où tu vas ! Tu seras bien avancé quand je serai défigurée et qu'il faudra me payer le chirurgien esthétique !

— Oh ! Jackie, dit Alice piteusement. Pourquoi n'ai-je pas pensé au bureau de poste ? C'était pourtant évident. Je suis allée au commissariat de police et je n'ai pas pensé une seule seconde...

— Tu es allée voir la police ? demanda Hugo, estomaqué.

— C'était simplement pour consulter la liste électorale. Tu peux faire demi-tour, Hugo ? Tout ça me mine terriblement.

— Faire demi-tour ? C'est moi que ça va miner si je dois faire demi-tour dans cette pagaille. De toute façon, la poste va bientôt fermer.

— C'est vrai, je n'y avais pas pensé.

En fait, s'extraire de l'embouteillage relevait de l'impossible. La colonne sinueuse et vacillante demeura intacte jusqu'à l'embranchement de Brentwood où quelques voitures s'échappèrent au compte-gouttes.

— Dieu merci, la semaine prochaine, finis les bouchons avec l'ouverture de la nouvelle bretelle.

Le trafic s'immobilisa dans un dernier sursaut quand les premières voitures s'engagèrent dans le goulet étroit qui précédait la Grand-Rue de Salstead. À sa droite, Alice aperçut la gueule béante de la nouvelle route à quatre voies dont l'accès était barré par une rangée de bidons d'huile et des feux de signalisation rouges. Les nouveaux lampadaires ne fonctionnaient pas encore. C'était une route fantôme, une bande d'asphalte vierge sur laquelle les pneus n'avaient pas encore laissé d'empreintes. Silencieuse et vide, elle disparaissait au loin entre des remblais de terre argileuse. Alice pouvait juste distinguer à l'horizon l'immense panneau indicateur et l'embranchement à angle aigu d'où s'échappait la voie de dégagement rejoignant la rue principale du centre ville. C'était de l'autre côté de cette voie que se trouvait Helicon Lane. De cette rue, il ne restait plus qu'un moignon, la partie basse ayant été amputée pour laisser le passage à la rocade, mais la boutique de fleuriste était toujours là avec le chêne et le gui accroché à ses branches.

Arrivés au carrefour, ils quittèrent la rue principale et empruntèrent la rue de la Gare. La lumière était encore allumée dans le cabinet du docteur et Mr Cropper déroulait le rideau de fer sur sa vitrine scintillante de bijoux. Quoi qu'il en soit, Nesta avait reçu sa bague. Quelque part dans un *Saulsby* imaginaire, elle la contemplait peut-être avec ravissement, la faisant jouer autour de son doigt pour que les facettes des petits diamants renvoient des éclats de lumière.

Les gens allaient au pub *The Boadicea*. Il devait être 6 heures passées. La voiture accéléra doucement, dépassa les deux rangées de maisons jumelles, le pont de chemin de fer et « l'Entreprise », *Whittaker-Hinton, 1856*. Les derniers ouvriers à quitter l'usine rentraient chez eux à bicyclette ou en voiture, quelques-uns même à pied. Hugo ralentit, leur fit un salut de la main, et Alice reconnut sa secrétaire qui sortait du bureau. Sur le parking du personnel, les emplacements réservés à la Bentley d'Oncle Justin et à la Sprite d'Andrew étaient vides. Pressée de rejoindre le bercail, la voiture s'enfonça à vive allure dans la campagne encore humide de pluie.

Vair House était beaucoup plus petite que *Vair Place*, mais les deux maisons, presque contiguës, dataient de la même époque et présentaient toutes les deux une façade en brique rouge. C'était comme si la maison mère avait donné naissance à un enfant qui, sans en être la réplique exacte, lui ressemblait énormément.

La grande maison dépassait toutes les autres d'environ trois mètres. Cet espace supplémentaire était occupé par un toit en pente percé de lucarnes. Par ces dernières, ainsi que par les fenêtres des étages supérieurs des deux maisons, on avait une vue imprenable sur les prairies environnantes. Justin Whittaker disait que, tant qu'il habiterait *Vair Place,* il n'admettrait pas que quelque chose de laid ou d'incongru vienne dénaturer la beauté du domaine.

Même la nouvelle station service sur la route de Pollington était cachée par un rideau de tilleuls et de mélèzes. On apercevait seulement le clocher de l'église St Jude, fine aiguille de pierre dominant les arbres. En construisant leur usine tout près de la gare, les Whittaker avaient à jamais dissuadé le voyageur de visiter Salstead, mais cela ne les empêchait pas de veiller farouchement à la préservation de leur environnement.

Orphelins depuis l'enfance, Alice et Hugo avaient été élevés par le frère de leur père, aujourd'hui à la tête de la société. Mais lorsque Hugo se maria, il décida de se faire construire un bungalow à deux cents mètres de là. Après la mort de la tante Hilton, *Vair House* resta inoccupée jusqu'à ce qu'Oncle Justin en fasse cadeau à Alice pour son mariage avec Andrew.

Andrew... C'était tout à fait l'endroit qui lui convenait, pensa-t-elle après qu'Hugo l'eut déposée devant l'allée qui menait à sa maison. Autant qu'elle pût s'en souvenir, rien ne lui avait fait plus plaisir que le jour où elle lui avait montré *Vair House* en lui proposant de l'habiter plutôt que le logement de fonction destiné aux professeurs mariés de la Pudsey School. Sauf peut-être le jour où elle lui avait offert la petite voiture de sport rouge pour leur mariage... ou la montre en or pour son anniversaire... ou la bibliothèque de style pour ranger sa collection de livres d'Anthony Trollope en éditions originales.

La Bentley d'Oncle Justin était garée de l'autre côté de la haie, près de la Sprite qu'elle écrasait de toute sa masse. Andrew était certainement à la maison, à cette heure-ci. Alice regarda sa montre. Presque 6 heures et demie. Elle remonta l'allée et vit son mari qui l'attendait dans le salon.

Elle savait qu'il l'attendait, même s'il ne regardait pas par la fenêtre. Les rideaux n'étaient pas encore tirés et, à travers les petits carreaux, elle voyait son visage et le livre qu'il lisait éclairés par la lumière rose du plafonnier. Tandis qu'elle traversait la terrasse sur la pointe des pieds car elle aimait lui faire la surprise de son arrivée, elle enregistra chaque détail de la scène qui s'offrait à elle par l'embrasure de la fenêtre : les longues mains d'Andrew qui lui rappelaient celles de *L'homme au gant* peint par Titien, la chevalière à son doigt, et même l'un de ses romans favoris du cycle de Palliser dont la couverture en cuir brun reproduisait un dessin d'Huskinson.

Elle entra dans la maison sans faire de bruit. En passant dans le hall, elle jeta un coup d'œil au miroir. À l'époque de son mariage et de son installation à Salstead avec Andrew, elle avait pris une ferme résolution. Elle ne changerait rien à son apparence. Les gens pouvaient toujours raconter que la riche Alice Whittaker avait enfin trouvé un mari — et quel mari ! Elle se souciait comme d'une guigne de leurs moqueries et de leurs cancans. Ils auraient ri et cancané dix fois plus, pensa-t-elle, si elle s'était mise à porter des talons hauts, des mini-jupes ou si elle s'était fait couper les cheveux à la garçonne.

Elle n'avait pas changé depuis ce jour où il l'avait vue dans le grand hall de Pudsey vêtue d'une robe en soie de chez Macclesfield et chaussée de sandales à talons plats, avec cette même coiffure adoptée à l'âge de dix-sept ans : deux nattes relevées de chaque côté du crâne. Andrew lui avait parlé, s'était assis à côté d'elle, l'avait aimée telle qu'elle était. Pourquoi changerait-elle ?

Pourtant... Les reproches de Jackie lui revinrent en mémoire et un léger doute l'assaillit. Peut-être devrait-elle arranger autrement son foulard autour de son cou et l'attacher avec une broche, ou simplement en nouer les deux bouts. Elle fit plusieurs essais, sans succès, puis, trouvant ridicule cet accès de coquetterie, se débarrassa du foulard et accrocha de nouveau la broche à son pull. La porte s'ouvrit derrière elle et elle sut que c'était lui. Le visage d'Andrew apparut dans le miroir, derrière son épaule.

— « Elle connaissait le grand secret architectural qui consiste à décorer un édifice mais ne s'abaissait jamais à édifier un décor », cita-t-il d'un air enjoué.

— Andrew, mon chéri !

— Je commençais à m'inquiéter.

Il se jetèrent dans les bras l'un de l'autre comme s'ils ne s'étaient pas vus depuis un mois.

— Tu étais vraiment inquiet ?

— Je l'aurais été vraiment si tu avais tardé encore plus. Tu as faim ?

Elle acquiesça.

— J'ai envoyé Pernille au cinéma. Un chef-d'œuvre de Bergman s'est apparemment infiltré dans le programme du *Pollington Plaza.* Elle sera de retour pour préparer le dîner.

Il la suivit dans le salon. Sur la table basse, il avait disposé le service à thé, les toasts, le beurre et les gâteaux de la pâtisserie du York Street.

— J'attendais que tu sois là pour servir le thé.

— Oh ! Andrew. Tu t'es donné tout ce mal pour moi ?

— *Madame est servie.*

Le feu commençait tout juste à crépiter. Elle s'imagina qu'il l'avait laissé s'éteindre sans s'en rendre compte. Puis comme 6 heures avaient sonné et qu'elle n'était pas encore rentrée, il s'était précipité pour rajouter des bûches dans l'âtre. Elle réchauffa ses mains aux flammes naissantes, se rappelant la première fois qu'il lui avait offert une tasse de thé le jour de la fête de l'école, dans la salle des profs de Pudsey.

Peut-être Andrew avait-il lu dans ses pensées car il lui dit d'un air grave :

— Une goutte de lait, Miss Whittaker ?

Elle éclata de rire, leva son visage vers lui et lut dans ses yeux la promesse d'un amour partagé, la certitude qu'entre eux deux, un miracle s'était accompli. Il lui était encore impossible de croire qu'il l'aimait aussi fort qu'elle l'aimait, mais elle ne pouvait pas douter de sa sincérité, lorsqu'elle lui voyait cette expression à la fois étonnée et émerveillée. L'amour avait fondu sur Alice tardivement et sans crier gare. « C'est si romantique », avait dit Nesta dans un soupir. « Ça me donne envie de pleurer », et ses yeux bleu clair s'étaient emplis de larmes. D'ailleurs, peut-être pleurait-elle encore en ce moment même, attendant son amie qui ne viendrait pas. Alice se détacha d'Andrew tout en gardant sa main dans la sienne. Si Nesta l'avait vraiment attendue, elle avait dû certainement téléphoner.

— Raconte-moi ce que tu as fait, dit-elle. Que s'est-il passé pendant mon absence ? Est-ce que quelqu'un a appelé ?

— Harry Blunden est venu me voir, soi-disant pour me montrer quelque chose et pour me rendre un livre qu'il m'avait emprunté. Regarde, il a abîmé la couverture. (Il montra du doigt la jaquette déchirée et haussa les épaules.) Il est plutôt maladroit pour un médecin. J'espère qu'il n'aura jamais à me faire une piqûre.

Donc, Nesta, où qu'elle fût, ne se souciait pas de lui donner des nouvelles.

— Cela fait des semaines et des semaines que je n'ai pas vu Harry, dit-elle. (En tant qu'ancien médecin de Nesta, Harry savait peut-être quelque chose.) Au fait, que veux-tu dire par « soi-disant » ?

— Je veux simplement dire qu'il est venu ici pour te voir, Bell.

Il l'appelait toujours Bell, qui était le diminutif de son deuxième prénom. « Je t'appellerai Bell », avait-il déclaré quand elle lui avait dit qu'elle s'appelait Alice Christabel. C'est trop dur pour toi, « Alice ». C'est un prénom de vieille fille, pas de jeune femme...

— Que voulait Harry ?

— Te voir, je suppose, dit-il en éclatant de rire. Il est resté planté là pendant une demi-heure, bras ballants et bouche cousue, puis il est parti en prétextant une visite à un malade.

— Tu n'as pas l'air de l'aimer beaucoup.

— En général, je n'apprécie pas les hommes qui sont amoureux de ma femme, dit-il d'un ton léger. Je n'aime pas ceux qui se rendent chez elle comme dans un lieu de pèlerinage et qui mettent un point d'honneur à s'asseoir dans son fauteuil favori. C'est tout juste s'il n'allume pas un cierge devant chacune de tes empreintes digitales. (Il s'assit par terre et la regarda d'un air goguenard.) Enfin... Tous ces enfantillages nous amènent à ton amie Nesta. Comment va-t-elle ? Raconte-moi tout.

— Il n'y a rien à dire. Je ne l'ai pas vue. Ça peut paraître incroyable, mais je ne l'ai pas trouvée.

— Qu'est-ce que tu veux dire par là ?

Il l'écouta sans rien dire, immobile et parfaitement détendu, tandis qu'elle lui narrait son aventure.

— Comment tu dis que s'appelait la maison ?

Elle prit une grosse tranche de cake aux fruits qu'elle mordit à pleines dents.

— *Saulsby.* Je sais que Jackie croit que je me suis trompée, mais moi, je suis sûre que non. C'est dans mon agenda. Attends une minute, Je vais aller vérifier.

— Ne te dérange pas. Je sais très bien que tu ne fais jamais ce genre d'erreur.

Il changea de position et posa sa nuque sur les genoux d'Alice.

— Tu sais que tu as les genoux les plus confortables du monde.

— Tu en as testé beaucoup ?

— Des centaines.

Elle sourit mais elle plaignait secrètement toutes ces femmes qui n'avaient pas été choisies.

— Qu'est-ce que tu me conseilles de faire pour Nesta ?

— Rien. Pourquoi devrais-tu faire quelque chose ?

— Tout ça est tellement étrange.

— Il y a sûrement une explication toute simple.

— Je l'espère. Mais je sens au fond de moi-même qu'elle a des ennuis. Tu te souviens comme elle était déprimée quand elle est partie ?

— Je me souviens surtout qu'elle est allée dire au revoir à tout le monde en comptant bien récolter quelques billets.

— Oh ! Tu exagères.

— Elle s'est incrustée chez nous parce qu'elle avait tout empaqueté pour le déménagement et qu'elle avait la flemme de se préparer à manger.

— Pernille était malade et j'ai dû faire moi-même la cuisine, et je me rappelle que le soufflé au fromage était complètement raté. Il était retombé comme une crêpe.

— Il n'était pas si raté que ça. (Puis il ajouta d'un ton moqueur :) Tu aurais dû inviter Harry, ce soir-là... (Il marqua un temps d'arrêt pour concocter une méchanceté bien sentie.) Je suis sûr qu'il aurait englouti une soupe de limaces si c'était toi qui la lui avais préparée.

— Quelle horreur ! dit Alice en frissonnant. Ensuite, elle a eu un de ses coups de cafard et elle s'est mise à pleurer, alors, tu l'as reconduite à la boutique. Je me demande bien pourquoi, puisqu'elle devait passer la nuit chez les Feast. C'était la nuit où les ouvriers ont déménagé les vieilles tombes du cimetière pour commencer la construction de la bretelle. Nesta faisait une fixation là-dessus.

— L'imagination galopante du petit peuple, déclara Andrew avec un sourire jusqu'aux oreilles.

— Ne sois pas méchant. J'aurais bien voulu voir ta tête si tu avais dû dormir à quelques mètres de cadavres qu'on vient de déterrer. En tout cas, moi, je n'aurais pas été fière. Pour rendre les choses plus lugubres, un policier et un vicaire surveillaient le bon déroulement des opérations. Heureusement que Nesta n'était pas là. Mais je me demande bien où elle est à présent.

— Bell, dit-il en se redressant, on ne pourrait pas parler d'autre chose ?

Elle le regarda d'un air étonné.

— J'ai été bien content quand elle a déménagé, dit-il. Je n'ai jamais compris ce que tu pouvais lui trouver. Le jour où tu m'as dit qu'elle t'avait emprunté de l'argent, cela ne m'a pas beaucoup plu. (Voyant qu'Alice s'apprêtait à la défendre, il ajouta d'un ton apaisant :) D'accord, elle t'a rendu l'argent, mais ce matin, quand tu es partie pour Orphingham, je t'avoue que j'étais persuadé que tu allais revenir délestée de quelques centaines de livres, ou actionnaire d'une société condamnée à la faillite, comme la dernière fois. Je ne crois pas beaucoup en la providence, mais en repensant à ton aventure, je ne peux m'empêcher d'y voir un signe du destin.

— J'avais l'intention de retourner à Orphingham demain.

— Je n'irais pas si j'étais toi.

Alice n'avait jamais été très forte pour cacher ses sentiments. Elle sentit que la déception devait se lire sur son visage car il lui demanda spontanément :

— Tu t'inquiètes beaucoup pour elle, n'est-ce pas ?

Elle aquiesça.

Il se rassit sur ses talons et lui prit les mains en lui souriant tendrement.

— J'ai tellement peur que tu sois déçue. Pourquoi n'attends-tu pas jusqu'à samedi ? Comme ça, je pourrais venir avec toi.

— Oh, Andrew, je n'ai pas besoin d'un garde du corps !

Il continuait à la regarder d'un air à la fois attendri et amusé.

— Peut-être pas d'un garde du corps, dit-il, et sa voix se fit plus grave : Il y a d'autres formes de danger.

— Tu connais le proverbe : « Qui ne risque rien n'a rien », dit-elle d'un ton léger.

— J'ai rarement entendu un proverbe aussi stupide.

Alice monta dans sa chambre pour se changer. Qu'est-ce qui prenait à Andrew d'être si protecteur ? Si quelqu'un de son entourage avait assisté à la conversation, il aurait éclaté de rire, connaissant sa force de caractère et son esprit d'indépendance. Ses amis disaient toujours qu'elle était très maternelle, et c'était l'adjectif idéal pour qualifier une femme qui avait épousé un homme plus jeune qu'elle de neuf ans.

3

— Et où vas-tu d'un si bon pas ? demanda Oncle Justin en sortant de sa Bentley. As-tu pris ton déjeuner ?

Il s'approcha de la haie et la regarda de la tête aux pieds. Ce qu'il vit ne dut pas lui plaire car son visage resta de marbre.

Alice se souvint qu'un homme d'esprit avait dit un jour en parlant de la famille Whittaker qu'elle était le fruit de l'union monstrueuse entre un cocker doré et une jument arabe, et que seuls les hommes avaient hérité de leur mère. Sans aucun doute, Justin Whittaker ressemblait à un cheval. Son front bas était sauvé de l'ignominie par sa largeur conséquente. Son visage tout en longueur semblait s'étirer encore plus lorsqu'il pinçait les lèvres et que deux profondes rides se creusaient de chaque côté de sa bouche. Ses grandes dents n'étaient pas en toc mais il les montrait rarement, préférant les cacher sous une moue qu'il croyait déterminée mais que les autres qualifiaient de belliqueuse.

— Je vais à mon déjeuner de charité, Oncle Justin, dit Alice bravement, se rappelant qu'elle était désormais une femme mariée. C'est une dégustation de fromages au profit d'Oxfam. Nous en organisons une tous les vendredis.

— Encore ces niaiseries catholiques.

Il était inutile de discuter. Elle préférait qu'il l'accusât de flirter avec l'Église de Rome plutôt qu'il lui jetât à la figure ce qui était pour lui la pire des insultes : « Socialiste ! »

— Ne me dis pas qu'il faut payer pour aller là-bas.

— Mais bien sûr qu'il faut payer. C'est là tout l'intérêt. (Elle prit une grande inspiration.) Tous les bénéfices vont à Oxfam, comme je te l'ai déjà dit. En ce moment, nous essayons de collecter assez d'argent pour envoyer du matériel agricole à des paysans indiens.

Il secoua la tête en fronçant les sourcils. Son nœud de cravate était toujours si serré qu'il devait garder le menton levé.

— Mais qu'allons-nous faire de tous ces gens que tu nourris sur le dos de l'Entreprise ? Je me demande quelle tête tu feras, Alice, quand ils viendront s'installer ici et qu'ils construiront des baraquements autour de ta maison.

— Je n'ai pas le temps de discuter, Oncle Justin. Je vais être en retard.

— Tu vas rejoindre ta bande de vieilles bigotes, je suppose !

Son regard indiquait qu'il l'incluait dans ce lot et pas dans celui des jolies femmes. Selon Oncle Justin, une femme était faite pour qu'on la regarde et non pour qu'on l'écoute, mais, pour cela, elle devait valoir le coup d'œil.

— Je parie qu'il n'y a aucun homme parmi vous.

— Si, si, il y en a, répondit Alice, sachant pertinemment qu'il n'avait pas tout à fait tort. (Elle cita le nom des quatre hommes qui fréquentaient assidûment leur petit cercle :) Mr Feast, le crémier — c'est lui notre trésorier — ; Harry Blunden qui vient souvent nous voir ; le vicaire qui, lui, est presque toujours là, et le père Mulligan, de Notre-Dame-de-Fatima.

— C'est bien ce que je pensais ! Tu ferais mieux de venir déjeuner avec moi.

Alice trouva la proposition presque alléchante. Les déjeuners à *Vair Place* étaient toujours délicieux, même si le menu variait rarement. Un petit verre de Manzanilla précédait toujours le repas, puis un steak salade faisait son apparition, suivi par un morceau de camembert et une part de tarte aux pommes, le tout préparé par Mrs Johnson et servi par Kathleen.

— Je dois y aller, dit-elle. N'oublie pas que tu viens dîner chez nous ce soir.

Il était maintenant trop tard pour faire le chemin à pied. Le temps de se débattre dans les embouteillages de la pause déjeuner et de trouver une place sur le parking, il était déjà 1 heure et quart. Heureusement, les portes en chêne de St Jude Hall étaient encore ouvertes.

Le sol de l'entrée était recouvert d'un lino marron clair qui, n'ayant jamais été entretenu, ressemblait à une plaquette de chocolat au lait restée trop longtemps exposée à l'air. Près de la porte, un homme très maigre était assis derrière une table à tréteaux sur laquelle on avait disposé des affiches et des boîtes pour collecter l'argent. Son visage était encore plus émacié que celui des enfants affamés qui vous fixaient de leur regard fiévreux sur les photos exposées aux murs.

— Excusez-moi d'être en retard, Mr Feast.

Alice le connaissait depuis trop longtemps

pour relever l'incongruité de son nom ou même pour en rire intérieurement.

— Mieux vaut tard que jamais.

Une pomme d'Adam de proportions monstrueuses s'agitait derrière son col. C'était la seule chose proéminente de toute sa personne. « Si seulement, avait un jour suggéré Andrew, on pouvait le convaincre de se tenir à l'entrée de la salle d'œuvre vêtu d'un seul pagne, je suis sûr qu'Oncle Justin se rallierait à sa cause. » Le plus réactionnaire d'entre tous rejoindrait le club des dégustateurs de fromage, sans peut-être même se rendre compte des véritables objectifs de leur association.

Alice traversa le hall sans s'attarder.

— Bonjour, miss Whit... euh, Mrs Fielding, pardon, dit le vicaire. (C'était lui qui l'avait mariée, mais il lui faudrait encore plus de six mois pour rompre avec une habitude vieille de vingt ans.) Il y a longtemps que nous n'avons pas eu l'honneur de votre visite.

Il utilisait cette même formule pour accueillir ceux qui avaient délaissé l'église pendant quelque temps.

« Maintenant que je suis mariée, j'ai des obligations envers mon mari », faillit répondre Alice. Elle préféra sourire.

— Eh bien, vous voyez, je suis là.

— Nous en sommes ravis. Soyez la bienvenue.

Il la conduisit vers une des tables et hésita entre les nombreuses chaises vides. Le regard d'Alice passa rapidement sur un portrait de James Whittaker, fondateur de la paroisse, portant avec panache la redingote et la montre-gousset, avant de s'attacher à des œuvres différentes. Sous chaque fenêtre de style gothique était affiché le poster d'un enfant affamé tenant un bol vide à la main, si bien que de l'endroit où elle se tenait, Alice avait l'impression d'être entourée d'une horde de nourrissons sous-alimentés la regardant d'un air implorant.

— Alice ! Venez vous asseoir au soleil à côté de moi. (Harry Blunden se leva dans un bruit de chaise.) Installez-vous là, c'est l'endroit le plus confortable.

Elle leva la tête vers son visage laid et osseux, lui sourit, et s'efforça de ne pas montrer son embarras en lisant dans ses yeux bleus tant d'amour mis à nu.

— Merci, Harry.

Sa taille hors normes avait toujours été pour lui un handicap. Alice se le représentait courbé en deux ou en quatre au-dessus des lits d'hôpitaux, selon la position du malade, et il n'était pas étonnant qu'il se tînt maintenant voûté en permanence.

— Alors, qu'allez-vous choisir, cette fois-ci, demanda-t-il en la débarrassant de son manteau, du fromage à souris ou du savon de Marseille ?

C'était toujours cette même blague sinistre qu'il lui ressortait tous les vendredis midi.

— Oh ! Du fromage à souris. Mais, par pitié, pas celui avec un gros trou au milieu !

La table était recouverte d'une nappe en toile cirée. Il y avait des petits pains ronds et des tranches de baguette française dans des bols en Pyrex, des blocs de fromages aussi durs et peu appétissants que le bois de la table et, dans un récipient, un maigre petit bouquet de cresson. Chacun avait une assiette, un couteau et un gobelet en verre.

— Bonjour, Mrs Fielding.

Alice leva les yeux et vit de l'autre côté de la table une femme mince avec de longs cheveux ébouriffés qui lui arrivaient jusqu'aux épaules.

— Ah ! Bonjour, Daphné, je voulais justement vous voir.

Daphné Feast souffla une mèche de ses cheveux et la regarda droit dans les yeux.

— Je sais. Je viens de discuter avec votre belle-sœur.

— Jackie ? Jackie est ici ?

Brandissant son long bras sous le nez d'une femme replète qui était à côté d'elle, Daphné montra Jackie assise tout au bout de la grande table entre deux enfants en bas âge.

— Elle m'a dit que vous recherchez Nesta Drage mais qu'elle vous a donné une fausse adresse ou quelque chose comme ça.

— Eh bien, ce n'est pas tout à fait ça...

Elle fut interrompue par Harry qui s'efforçait d'attirer son attention.

— Elle vous a donné une fausse adresse, mais vous êtes allée la voir, c'est ça ?

— Oui, mais...

Elle tendit son verre au vicaire qui s'approchait avec une carafe d'eau.

— Combien devons-nous payer pour ça ? demanda la femme replète d'un air soupçonneux.

Le vicaire lui décocha un sourire radieux.

— Le prix que vous auriez payé pour un déjeuner normal à la maison.

— Mais chez moi, je ne mange jamais le midi ! Ma belle-mère me l'interdit. Elle dit que si je prends encore du poids, j'attraperai un infarctus. Hein, que je n'aurai pas d'infarctus, docteur Blunden ?

Harry se tourna vers elle de mauvaise grâce.

— Mieux vaut prévenir que guérir, dit-il.

— Asseyez-vous donc à côté de moi, docteur, et dites-moi ce que je dois faire pour que je le dise à ma belle-mère.

Alice voyait bien qu'il n'avait pas envie de bouger. Il hésita un moment. Puis il se leva, afficha un sourire forcé et fit le tour de la table en emportant son assiette.

— Je pensais que vous saviez où était Nesta, dit Alice à Daphné. Vous étiez de si bonnes amies.

— Oh ! Pas tant que ça. Nous avons eu de bonnes parties de rigolade. C'est tout.

— Mais est-ce que vous avez une idée où elle peut être ? Elle a dû sûrement vous laisser une adresse.

— Elle savait que je n'étais pas du genre à écrire, Mrs Fielding. Nous étions... comment dit-on... des copines de sortie. Elle ne m'a même pas dit au revoir, mais je ne peux pas dire que ça m'ait fait de la peine.

Alice était abasourdie.

— Mais elle avait passé la nuit chez vous, la veille de son départ, non ? Le sept août, c'était un vendredi. Elle a dîné avec nous et puis, après, elle est partie chez vous.

— Elle n'est jamais venue.

— Je pensais que vous vous étiez mises d'accord.

— Pas vraiment. Elle nous a dit qu'elle viendrait et Papa et moi l'avons attendue, mais il y avait une pièce de théâtre à la télévision et, comme son téléphone était coupé, nous n'avons pas pu la joindre. Alors, vous comprenez....

Non, Alice ne comprenait pas. Elle notait tous ses rendez-vous dans son gros agenda, n'arrivait jamais en retard et aurait encore moins manqué à sa promesse d'aller passer la nuit chez une amie.

— Êtes-vous allée au « Bouquet de la mariée » pour voir si elle y était ?

La suggestion sembla presque choquer

Daphné, laquelle grignotait un dernier bout de fromage.

— Comme je vous l'ai dit, il y avait cette pièce à la télé. Ensuite, P'pa est allé boire une bière au *Bodicea* et je lui ai dit de demander aux gens si quelqu'un avait vu Nesta, mais personne ne l'avait vue et, vers 10 heures, elle m'est complètement sortie de l'esprit.

Elle se pencha vers Alice et continua sur le ton de la confidence :

— Très franchement, Mrs Fielding, ça ne me disait rien de me rendre à Helicon Lane en pleine nuit, avec tous ces morts qu'on déterrait.

Grands Dieux ! Alice dut faire un effort pour se ressaisir. Il y avait quelque chose de macabre dans le visage de Daphné, dévoré par deux grands yeux charbonneux et encadré par une rivière de cheveux traînant dans la corbeille de pain.

— Eh bien, dit-elle, en voilà un mystère ! Quand j'ai cherché l'adresse de Nesta pour lui envoyer sa bague, j'ai demandé à tous les gens de Salstead qui la connaissaient, mais personne ne l'avait.

— Vous me l'avez demandée à moi aussi, dit Daphné d'un air lugubre, et j'ai posé la question à P'pa et aux gens des boutiques.

De l'autre côté de la table, Harry était sur le point de perdre son sang-froid. La voix de la femme replète résonnait dans toute la salle.

— Je suppose que rien ne m'empêche d'aller prendre un vrai repas au *Bodicea* en sortant d'ici, n'est-ce pas ?

— Prenez vos responsabilités, dit-il en se levant.

Il vint se placer juste derrière Alice et lui tapota l'épaule.

— Alice, si j'étais vous, je ne me soucierais plus de cette histoire.

Sa voix avait baissé d'un ton, et elle dut rapidement tourner la tête vers lui pour saisir les mots qui, à l'évidence, n'étaient destinés qu'à elle.

— Il faut que vous preniez de vrais repas. Je vous trouve une petite mine depuis quelque temps.

— Je me sens tout à fait bien, je vous assure.

Il chuchotait presque, maintenant, et elle dut tendre l'oreille pour le comprendre.

— Si vous avez le moindre problème, Alice, *n'importe quel genre de problème,* n'hésitez pas à venir me voir, d'accord ?

— Vous savez que je ne suis jamais malade, Harry.

Il hocha la tête, accentua la pression de sa main sur l'épaule d'Alice, puis la relâcha.

Interloquée, elle le regarda s'éloigner vers Mr Feast qui, assis à sa table, récoltait l'argent du déjeuner. Harry était un médecin, *son* médecin. D'où lui venait cette impression étrange qu'il ne se souciait pas uniquement de sa santé ?

— Vous avez parlé de mystère, tout à l'heure, dit Daphné Feast, eh bien, laissez-moi vous dire quelque chose. Il y en avait des mystères autour de Nesta.

À l'idée d'écouter des ragots, Alice avait envie de fuir à toutes jambes. Tout ce qu'elle voulait savoir, c'était où se trouvait Nesta et pourquoi elle se cachait.

— D'abord, elle avait une aventure avec un homme.

— Oh ! Je vous en prie...

Nesta avait été fidèle à la mémoire de son mari, à tel point que, trois ans après sa mort, elle portait encore le deuil. Il était évident qu'un jour, elle se remarierait. C'était normal pour une aussi jolie femme qu'elle. Mais une simple aventure ? Nesta s'était sentie seule et abandonnée. C'était pour cette raison, et aussi dans l'espoir qu'elle cessât de fréquenter des gens comme les Feast, qu'Alice avait resserré ses liens avec Nesta.

— Elle n'a pas voulu me dire qui c'était, affirma Daphné avec assurance. Je sais seulement que c'était un homme important à Salstead et que certaines personnes auraient un sacré choc en apprenant la nouvelle. (Elle alluma une cigarette et jeta l'allumette dans son assiette, parmi les miettes de pain et les croûtes de fromage.) J'en ai conclu qu'il était marié et qu'il avait de bonnes raisons pour cacher sa liaison. Nesta m'a dit qu'un de ces jours il allait divorcer pour la demander en mariage. Qu'est-ce qu'on a pu rire à ce sujet !

— C'est une histoire à dormir debout, ce que vous me racontez là, dit Alice d'un air sévère.

— Et puis il y avait un autre truc de bizarre. Ça n'avait rien à voir avec sa vie sentimentale, mais c'est quand même bizarre.

Elle envoya voler sa cendre d'une pichenette.

« Ça ne m'étonne pas que Nesta n'ait pas voulu rester chez les Feast », pensa Alice.

— Avez-vous remarqué ses *sourcils* ?

— Ses sourcils ?

— Vous me prenez pour une toquée, hein ? Non, vous n'avez pas dû remarquer. Elle était tellement obsédée par sa beauté. Eh bien, vous vous rappelez comme elle avait des longs cils et des sourcils épais quand elle est arrivée à Salstead ?

C'est vrai, Nesta avait des sourcils bien dessinés et des cils longs et soyeux. Sans parler de ses magnifiques cheveux blonds.

— Et, naturellement, elle s'épilait les sourcils.

Eh bien, un jour, elle a eu la main un peu forte et elle les a tous épilés. Elle disait qu'ils allaient repousser...

— Et alors ?

— Eh bien, ils n'ont jamais repoussé. C'est tout. Elle a été obligée de se les dessiner au crayon. Un jour, je suis passée chez elle à l'improviste... Elle ne m'attendait pas et, oh ! Mon Dieu, elle a sursauté en me voyant. Elle s'était démaquillée et elle n'avait pas de sourcils du tout. Je vous assure, Mrs Fielding, ça m'a donné la chair de poule. Juste des yeux et un front sans rien du tout.

« Daphné a raté sa vocation », pensa Alice. « Elle aurait pétrifié les foules en jouant la fiancée de Frankenstein. D'abord, les tombes, et puis maintenant, ça... »

— Mais elle avait des cils... heu, plutôt fournis, non ?

— C'étaient des faux, dit Daphné. Et je ne plaisante pas.

Ainsi donc, la pauvre Nesta souffrait d'alopécie. C'était horrible, quand on savait à quel point elle était soucieuse de son apparence.

— Merci, Daphné. J'espère qu'elle reparaîtra un de ces jours, dit Alice en enfilant ses gants.

— Mais si vous retrouvez sa trace, vous pourrez lui dire de venir chercher ses affaires ?

— Quelle affaires ?

— Elle a demandé à Snow de déposer une malle chez nous la veille de son départ. Je ne sais pas ce qu'elle contient, sûrement son bric-à-brac avec les puzzles pour enfants dont elle raffolait. Bref, si vous pouvez lui dire que ça prend de la place et que j'aimerais qu'elle m'en débarrasse...

— Je le lui dirai.

L'inconvénient de s'appeler Whittaker était que

les gens s'attendaient toujours à vous voir prodiguer des largesses. Priant pour qu'Oncle Justin ne connaisse jamais l'étendue de sa générosité, Alice prit deux billets de cinq livres dans son portefeuille et les posa sur la table devant Mr Feast.

— Ça a été un succès, votre (elle faillit dire « votre spectacle ») petite réunion, Mr Feast.

Ce fut le début d'une longue diatribe dans laquelle il se lança avec une ferveur lugubre.

— Toujours ce fossé entre la haute société et la classe laborieuse, vous noterez, Mrs Fielding. Quant à la bourgeoisie, elle met les pieds sous la table et ne pense qu'à se régaler. C'est pour ça que je dis, et je le répéterai toujours, le front populaire relève de l'utopie. La haute société et la classe laborieuse...

— Et moi, à quelle classe j'appartiens, Mr Feast ?

Reconnaissant la voix de Jackie, Alice se retourna.

— Je ne savais pas quoi faire des gosses, alors, je les ai amenés pour qu'ils voient comment vivent d'autres petits enfants moins chanceux qu'eux.

Alice se pencha et prit celui âgé de trois ans dans ses bras.

— Oh ! c'est qu'il devient lourd, ton fils, Jackie. Alors, que penses-tu de ce drôle de repas, mon chéri ?

Son neveu jeta ses bras autour de son cou.

— J'« adore » beaucoup le fromage, hein, maman, que c'est vrai ?

— Tu « adores » ?

— C'est le dernier mot qu'il a appris. Repose-le, Alice. Tu vas te faire mal au dos.

— Je viens de changer d'avis, dit Alice. Je retourne à Orphingham cet après-midi.

— On peut venir avec toi ? demandèrent en chœur Mark et Christopher.

Alice s'accroupit devant eux et leur sourit.

— Vous voulez, les enfants ? D'accord. Vous me tiendrez compagnie. Ce sera plus gai !

— Eh bien, en attendant, dit Jackie, vous venez avec moi chez le dentiste.

Il s'ensuivit un concert de lamentations qui l'obligea à se boucher les oreilles.

— C'est dommage que tu n'aies pas d'enfants, Alice. Si tu t'étais mariée dix ans plus tôt, tu ne t'ennuierais pas une seconde aujourd'hui, crois-moi.

Il y a dix ans, Andrew avait dix-neuf ans et attaquait sa deuxième année à Cambridge. Alice se demanda si Jackie se rendait compte de ce qu'elle disait, mais, tandis qu'elle sentait le rouge lui monter aux joues, elle vit que le visage de sa belle-sœur ne trahissait aucun embarras. Jackie, Hugo, Oncle Justin et tous les autres ne pensaient qu'à la chance d'Andrew, qu'à sa soudaine et rapide ascension dans la société. Jamais ils n'avaient songé à ce qu'il avait perdu en épousant une femme qui n'était plus toute jeune.

Elle prit la main de chacun des garçons.

— Si vous êtes bien sages chez le dentiste, je vous réserve une surprise à *Vair House*. Demandez à maman de vous accompagner là-bas à... disons... 5 heures et demie.

— C'est un cercle vicieux, dit Jackie. On les bourre de sucreries et après, ils ont à nouveau des caries.

L'air s'étant rafraîchi, Alice se dirigea vers sa voiture d'un pas rapide. Si elle se dépêchait, elle arriverait à Orphingham pour 3 heures.

4

La poste était pleine à craquer. Alice dut se frayer un passage entre les landaus et les chiens en laisse. Derrière le guichet s'activaient trois employés, un jeune homme mince avec un visage si pâle qu'il en était presque verdâtre, une femme bien en chair et un autre homme plus âgé avec un air digne et une grosse moustache poivre et sel. Alice jeta un coup d'œil sur une affiche placardée au mur dont la légende — « Vite, vite, quelqu'un attend votre lettre » — lui sembla peu convaincante. Elle se mit au bout de la file d'attente la plus courte. Elle avançait très lentement. Les carnets de pension se succédaient avec une lente régularité sur le comptoir avant de regagner les sacs à main et les portefeuilles de leurs propriétaires.

— Au suivant, s'il vous plaît.

— J'ai envoyé du courrier à une amie qui habite Chelmsford, commença Alice. Mais lorsque j'ai voulu lui rendre visite hier, je n'ai pas trouvé sa maison. (Une petite vieille pointa le bout de son nez par-dessus son épaule pour mieux écouter.) Le nom de la maison est *Saulsby* mais il n'y a pas un seul *Saulsby* dans toute la rue.

— Vous voulez dire que votre courrier s'est

perdu, c'est ça ? (Occupé à fouiller dans un tiroir, le jeune homme gardait obstinément la tête baissée, mais sa voix trahissait déjà des signes d'impatience.) S'il a été envoyé à une fausse adresse, il vous sera retourné. À condition, évidemment, d'avoir mis votre adresse...

— Je ne pense pas qu'il se soit perdu. J'ai reçu des réponses.

Il consentit enfin à lever la tête.

— Dans ce cas-là, ce n'est pas de notre ressort. Allez voir au syndicat d'initiative. Ils vous donneront un plan de la ville. Au suivant, s'il vous plaît !

Refusant de s'avouer vaincue, Alice insista.

— Je connais le nom de la rue. Je vous l'ai dit. C'est Chelmsford Road. Je sais que vous avez beaucoup de monde...

— S'il y a autant de monde le vendredi après-midi, c'est pour éviter la cohue du samedi.

Ce flagrant délit d'illogisme acheva de la décourager. Elle avait à peine reculé d'un pas qu'une main surgissant d'un manteau en ocelot mité la poussait sur le côté pour déposer un livret sur le comptoir.

— Savez-vous à qui je pourrais exposer mon problème ? Il doit sûrement y avoir quelqu'un ici qui peut me renseigner ?

— Si vous voulez bien faire la queue de ce côté, vous pourrez en toucher un mot à Mr Robson. C'est lui le receveur.

Pour rejoindre l'autre file, elle dut retourner près de la porte d'entrée. Il y avait quinze personnes qui attendaient avant elle, sans compter la femme vêtue d'un sari orange que le receveur était en train de servir. Au bout de cinq minutes, la file n'avait pas avancé d'un centimètre. La femme indienne achetait une douzaine de timbres de chaque sorte pour les envoyer à un ami philatéliste à Calcutta. Les gens dans la queue commençaient à maugréer et à taper du pied.

« Et si je retournais à Chelmsford Road vérifier les noms des autres maisons ? », se demanda Alice. « Avec la pluie, je n'ai pas pu tout voir. » Elle sortit de la file d'attente et fonça tout droit vers le jeune homme pâle derrière son guichet.

— Est-ce qu'il y aura moins de monde si je reviens plus tard ?

— Pardon ?

— Si je reviens plus tard... ?

— Revenez plus tard si vous voulez. (Il était tellement absorbé par ses comptes qu'il la regarda à peine.) Ce sera un peu plus calme vers les 5-6 heures.

— Cela ne vous ferait rien d'attendre votre tour ? demanda une femme avec un enfant dans les bras.

Alice retourna à sa voiture et remonta la Grand-Rue avant de prendre Chelmsford Road. Même sous un ciel hivernal, l'endroit avait le charme apprêté et typiquement anglais d'une photo du calendrier des postes. De toute évidence, les habitants tiraient grande fierté de leurs portes d'entrée, chacune d'elles peinte dans une couleur de l'arc-en-ciel, de leurs murs blanchis à la chaux et de leurs allées recouvertes de gravillons. Connaissant le petit côté snob de Nesta et son attirance pour la beauté artificielle, Alice n'était pas étonnée qu'elle ait été séduite par cet endroit. Les gens de Chelmsford Road auraient fait la fine bouche devant certains aspects utilitaires de Salstead.

La rue était déserte. Des feuilles mortes tachées de brun, semblables à des vieilles mains ridées, voltigeaient dans les airs avant de s'abattre dans les caniveaux. Aucune des maisons ne portait de numéro et aucune se s'appelait *Saulsby*. Elle arpenta la rue en examinant toutes les plaques.

Il régnait dans Chelmsford Road un silence de cathédrale que vint troubler une femme balayant des feuilles devant la maison *El Kantara*. Le portail était ouvert et Alice put lire sur un panneau à l'intérieur : *Comité de direction de l'hôpital d'Orphingham, foyer des infirmières.*

— Je cherche une maison appelée *Saulsby*, expliqua Alice.

— *Saulsby* ? Ça ne me dit rien..., murmura la femme d'un air sombre en regardant furtivement derrière son épaule.

Elle leva son balai et les feuilles s'envolèrent, recouvrant en un instant la surface qui venait d'être balayée.

— Vous voulez parler de l'une de ces horreurs, là-bas ? reprit-elle d'une voix si basse qu'Alice dut faire un effort pour comprendre.

— Quelles horreurs ?

— Les quatre petits taudis. Vous avez dû passer devant en remontant la rue. Cela fait je ne sais combien de temps qu'on parle de les démolir.

Mais pourquoi chuchotait-elle ? Pourquoi n'arrêtait-elle pas de regarder vers les fenêtres aux volets fermés ? Impressionnée par le silence qui pesait sur le lieu, Alice sentit un léger frisson d'angoisse lui parcourir l'échine. Si seulement elle avait attendu jusqu'à demain, Andrew aurait pu l'accompagner.

— Non, ce n'est pas une de celles-là, dit-elle d'une voix faible.

Elle jeta un coup d'œil vers l'épaisseur des fourrés et sursauta quand la femme lui glissa dans l'oreille :

— Excusez-moi de vous parler si bas. (Elle sourit, ce qui eut pour effet de détendre l'atmosphère, et pointa le manche du balai vers le ciel.) Mais je ne veux surtout pas réveiller les infirmières de nuit.

Quand elle se retrouva dans la rue, Alice faillit éclater de rire. Elle s'était monté la tête inutilement. L'explication était toute simple. Pourquoi s'imaginer toujours des choses qui n'existent pas ?

Pendant qu'elle parlait avec la femme, un homme avait garé une bicyclette à côté de sa voiture, une bicyclette rouge. C'est sûrement celle du facteur, pensa-t-elle. Mais où était-il passé ? Elle observait les alentours, les murs blancs, la longue succession de portails, les branches de noyers et de lauriers qui projetaient leur ombre sur la chaussée, quand un coup de vent renversa la bicyclette dans le caniveau. Les roues se mirent à tourner dans le vide. Elle se baissa pour la ramasser. Le facteur avait dû entendre le bruit de la chute, car il arriva en courant après avoir claqué le portail de la maison *The Laurels.*

— Merci beaucoup.

C'était un jeune homme blond et fade avec un visage au teint étrange oscillant entre le rouge vermillon pour le menton, le nez et le front, et le blanc cadavérique pour les lèvres et les joues.

— Vous avez dû vous salir les mains.

Il replaça son sac de toile sur le guidon et resta planté là à la regarder.

— C'est vous qui distribuez le courrier ici tous les matins ? demanda Alice.

— Ça fait deux mois que je m'occupe de ce secteur. Je peux vous aider ?

— Est-ce que vous auriez distribué des lettres, dernièrement, à une certaine Mrs Drage habitant *Saulsby* ?

— Distribué n'est pas le mot. Elle a déposé une demande à la poste pour faire suivre son courrier.

Alice le dévisagea, en proie à une vive émotion. Enfin, ces noms voulaient dire quelque chose pour quelqu'un.

— Qu'entendez-vous exactement par faire suivre ?

— C'est comme lorsque vous changez d'adresse, vous voyez ? Vous remplissez une fiche dans n'importe quelle poste — et heu... ça ne va pas à l'ancienne adresse. Ça va à la nouvelle. Celui qui trie le courrier et qui voit une lettre pour cette personne écrit sa nouvelle adresse sur l'enveloppe et la réexpédie. Comme ça, les lettres ne se perdent pas.

— Pouvez-vous me donner, s'il vous plaît, la nouvelle adresse de Mrs Drage ?

— Je ne peux pas, dit-il en secouant la tête. Ce serait une atteinte à la vie privée.

Le vent était devenu subitement glacial. La nuit commençait à tomber, en même temps qu'un froid léger mais pénétrant imprégnait l'atmosphère. Elle frissonna. Elle se mettait rarement en colère, mais elle se sentait frustrée d'échouer si près du but.

— Je suppose que vous ne vous êtes même pas rendu compte qu'il n'y a pas de *Saulsby* à Chelmsford Road, que ce nom n'existe pas ?

— Bien sûr qu'il existe, dit-il, vexé. Je l'ai vu sur les lettres. C'était écrit noir sur blanc.

— Alors, où est-ce ? Montrez-moi.

— C'est plus haut.

Poussant sa bicyclette à côté de lui, il se dirigea vers le bloc de maisons noires, suivi par Alice

— *Sewerby,* vous voyez, dit-elle calmement.

Elle se félicita par la suite de ne pas avoir exprimé plus ouvertement sa petite victoire, car il regarda la plaque d'un air atterré, son visage devenant subitement rouge pivoine.

— Mais je n'ai jamais eu de courrier pour *Sewerby* !

— Pas étonnant. C'est un très vieux monsieur qui habite ici et il vit tout seul. Je suppose que personne ne lui écrit jamais et si vous ne travaillez dans ce quartier que depuis deux mois...

— Je ne sais pas ce qui m'arrive, dit-il d'une voix hachée. (Il prit un ton suppliant et s'approcha d'elle comme s'il allait s'agripper à ses vêtements. Alice recula d'un pas et leva la main pour le maintenir à distance.) J'ai dû mal lire le nom sur la plaque et entre mes allers et retours à *Kirby* et les maisons qui n'ont pas de numéros... Mr Robson m'avait bien dit de vérifier, mais... je ne sais pas... ça m'est passé au-dessus de la tête.

Ses mains se crispèrent sur le guidon.

— Je vais me faire virer, c'est sûr, ajouta-t-il.

— Je ne veux pas vous causer d'ennuis. Je veux simplement savoir où vont mes lettres.

— C'est facile, dit-il avec empressement. Il y avait une lettre pour elle, mercredi.

Alice confirma d'un signe de tête. Elle l'avait postée elle-même le mardi soir.

— 193, Dorcas Street, Paddington. Je connais l'adresse par cœur car le nom de jeune fille de ma mère est Dorcas.

Alice copia l'adresse sur son agenda.

— Je jure que je ne dirai rien à Mr Robson, dit-elle sur le ton de la plaisanterie. Il faudrait d'abord que je puisse m'en approcher.

193, Dorcas Street, Paddington. Alice ne connaissait de Paddington que la gare et ce petit coin charmant appelé *Little Venice*. Mais lorsque, pour aller en Cornouailles, elle avait traversé en train cette partie de Londres, elle avait vu d'autres rues qui avaient l'air d'être bien moins accueillantes. Peut-être que Dorcas était l'une d'entre elles ? Le nom résonnait agréablement à ses oreilles, trop agréablement même. À notre époque, c'était toujours les rues sordides qui portaient de beaux noms tandis que des rues comme *The Boltons* ou *Smith Square* étaient tout ce qu'il y a de plus respectable.

L'explication la plus vraisemblable était la suivante : Nesta avait déménagé dans un quartier défavorisé de Londres mais elle n'avait pas osé l'avouer. Par snobisme ou par désir d'épater la galerie, elle s'était choisi une adresse plus distinguée.

Tandis qu'elle jetait à Chelmsford Road un dernier regard, le cœur d'Alice se serra. Nesta avait dû se rendre à Orphingham en espérant y trouver un refuge. Chelmsford Road aurait été pour elle l'endroit idéal si le destin n'en avait décidé autrement. La dépression et le mutisme de Nesta étaient peut-être dus à de trop fréquentes désillusions. Seule une idéaliste au cœur déçu aurait pu concevoir un tel plan, ou bien une femme en proie à de graves problèmes psychologiques. Une femme qui pour tromper son angoisse passait son temps à faire des puzzles pour enfants, des mots croisés et à regarder les jeux télévisés.

Alice se sentit soudain un regain d'énergie. Puis le doute et l'inquiétude l'envahirent à nouveau. Les motifs qui avaient poussé Nesta à s'enfuir n'avaient sans doute rien d'amusant. Il fallait à tout prix qu'elle s'en sorte. L'amitié qu'elle éprouvait pour Nesta devait aussi passer par une aide matérielle. Elle vérifia si son carnet de chèques était bien dans son sac. Mais pourquoi, pourquoi donc, au lieu de s'évertuer à sauver les apparences, Nesta ne s'était-elle pas confiée à elle ?

— Je préférerais que tu n'y ailles pas.

— Mais pourquoi donc, chéri ?

Alice se brossait les cheveux devant le miroir de sa coiffeuse quand Andrew avait fait irruption dans la chambre, déjà prêt et légèrement impatient. Dès qu'elle eut émis l'intention de se rendre à Paddington, il lui proposa de l'accompagner, ce qu'elle refusa immédiatement. Nesta avait sa fierté. Elle aurait à la rigueur toléré qu'Alice se mêlât de ses affaires, mais Andrew, jamais.

— Fais comme tu veux, Bell, mais tu risques d'avoir un choc en apprenant que Nesta vit avec un homme.

— *Nesta* ?

Elle le regarda s'approcher d'elle dans le miroir, puis elle sentit ses mains sur ses épaules.

— Tu te comportes quelquefois comme une vraie gamine. Je ne veux pas dire par là que tu es immature, et Dieu sait que tu nous rabâches sans arrêt ton âge, mais tu es un peu naïve. Je me demande comment tu réagirais si tu la trouvais dans une chambre minable avec un homme. Tu imagines, Nesta qui vient t'ouvrir en combinaison noire et son amant qui ne prend pas la peine de se cacher et qui meugle des insultes de son lit.

— Ce n'est pas drôle, Andrew.

— Dis-moi, mon ange, pourquoi ne laisserais-tu pas ton carnet de chèques ici, pour une fois ? L'argent ne guérit pas tous les maux, tu sais !

Alice fut blessée et elle le montra.

— Tu veux dire que j'ai une âme intéressée et que je vénère l'argent, c'est ça ?

— Tu ne le vénères pas... mais tu t'en sers comme d'une clef qui ouvre toutes les portes. Excuse-moi de te dire ça, Bell, mais c'est une réaction terriblement infantile. Au fait, dit-il en changeant brusquement de sujet, Jackie est venue ce soir avec les enfants.

La brosse resta en suspens dans la main d'Alice. Elle se souvint avec effroi qu'elle les avait complètement oubliés.

— Ne t'inquiète pas. Je leur ai donné des bonbons. J'en ai trouvé un paquet dans un tiroir. Mark ne voulait pas rentrer chez lui. Tu sais ce qu'il a demandé ? « Dis, maman, on reste encore un peu ? Je te donnerai vingt pence si tu me laisses rester. »

— Et je suis comme ça, moi ?

— Non, toi, tu es un ange.

Il lui déposa un baiser sur le front. Troublée, elle leva la tête et rencontra son regard dans la glace.

Elle avait soulevé à deux mains sa lourde masse de cheveux et cherchait à présent une nouvelle façon de les coiffer quand il se détacha brusquement d'elle.

— Qu'est-ce que tu as ?

— Ne mets pas tes cheveux comme ça. Ça ne me plaît pas, dit-il d'un air gêné qui le rendit presque ridicule.

— Je pensais que ça me rajeunissait.

— Je t'en prie, Bell. Cesse de parler comme si tu allais bientôt prendre ta retraite !

— Excuse-moi.

Elle avait tordu ses cheveux en un chignon souple et s'était détournée du miroir pour lui faire face. À sa grande surprise, il laissa échapper un soupir.

— C'est pas mal, cette coiffure. Je crois que je pourrais m'y habituer.

— Cela ne sera pas la peine. C'est trop compliqué à faire.

Elle commença sans plus attendre à se faire ses nattes.

— Dis-moi, chéri, est-ce que cela te rassure si je te promets d'aider Nesta autrement qu'en lui donnant de l'argent, au cas où je la retrouve, bien entendu ?

— Mais comment pourrais-tu l'aider autrement ?

Il avait l'air encore nerveux et Alice se demanda pourquoi.

— Si elle est dans le besoin, je pourrais la ramener ici.

— La ramener *ici* ? Je préférerais que tu lui donnes de l'argent plutôt qu'elle s'installe ici. Je ne me sens pas encore l'âme d'un père adoptif.

— Andrew ! Mais pourquoi parles-tu d'adoption ? Qu'est-ce que tu veux dire ?

Il secoua la tête.

— Rien. Oublie ce que j'ai dit.

Alice promena ses mains sur son corps inutile et vieillissant. Jackie était venue ici avec ses deux enfants. Ce n'était pas difficile d'imaginer le cheminement de son subconscient.

— Voilà, je suis prête, dit-elle d'un ton volontairement neutre. Allons-y.

— Mon Dieu, s'exclama Oncle Justin, notre poste nationale est tombée bien bas ! Si tu avais le moindre sens civique, Alice, tu serais allée raconter toute l'affaire à ce monsieur-Machin ?... Robson ?

Il huma suspicieusement le contenu de son verre.

— Où as-tu déniché ce sherry, Andrew ? J'ai peut-être tort mais je crois y déceler un léger parfum d'hémisphère Sud.

— Impossible, affirma Alice qui avait retrouvé son assurance. Il vient de Jerez. Que penses-tu que je devrais faire pour Nesta ?

— Ah ! oui, Mrs Drage ! (Alice se souvint avec agacement qu'il lui fallait connaître une personne depuis au moins vingt ans pour l'appeler par son prénom.) Une charmante femme, très agréable à regarder. Pas du tout le genre de personne que l'on s'attend à trouver dans une boutique. Mais je suppose qu'elle ne pouvait pas faire autrement.

— Savez-vous qu'une fois, elle a emprunté de l'argent à Alice ? (Mais qu'est-ce qu'il lui avait pris de lui raconter ça ?) C'était avant notre mariage. Mais j'ai peur que cela se répète et c'est la raison pour laquelle je ne tiens pas à ce qu'Alice la revoie.

— Mais elle m'a rendu l'argent, plaida Alice, et, en plus, c'était une petite somme.

— Cinq cents livres ! Tu appelles ça une petite somme.

— En tout cas, il n'y a pas de quoi en faire un fromage, dit Oncle Justin de façon inattendue. Je dois avouer qu'elle a bénéficié occasionnellement de mon aide.

Alice le regarda d'un air stupéfait. Il se tenait tout droit dans son fauteuil sans poser la tête contre le dossier. Avec son corps svelte et ses épaules carrées, il paraissait dix ans de moins que son âge. Ses cheveux étaient gris mais abondants.

L'ossature de son visage et l'élasticité de sa peau avaient peu souffert des effets du temps. Ses joues s'étaient creusées, des poches s'étaient formées sous ses yeux, mais il n'était pas ridé.

Il dominait la population de Salstead d'une bonne tête. Juste au moment où elle se demandait si elle oserait poser la question qui lui brûlait la langue, Andrew la précéda :

— Et peut-on savoir si vous avez récupéré votre argent ?

Sa réponse allait être décisive. Tandis qu'elle attendait, partagée entre l'appréhension et la curiosité, la porte s'ouvrit, et Pernille apparut, le sourire aux lèvres.

— Ah ! s'écria Oncle Justin, le dîner est prêt. J'espère que vous allez nous servir une de vos spécialités scandinaves. J'aime particulièrement ces petites choses croustillantes avec des asperges.

— Des *Krustaders,* Mr Whittaker.

— C'est ça, des « crustatères ». Il faut à tout prix que vous donniez la recette à Mrs Johnson.

Trop loin de son mari pour lui demander de ne plus poser de questions indiscrètes, Alice lui lança un regard plein de reproche et de tendresse.

Mais il ne revint plus sur le sujet et l'oncle Justin semblait se réjouir à l'avance du festin. Alice se sentit soudain fébrile. Elle ne souhaitait maintenant qu'une chose : que ce dîner et cette nuit se terminent le plus vite possible pour qu'elle se rende au 193, Dorcas Street, Paddington.

5

Un kaléidoscope rose, gris et vert défila devant ses yeux, puis commença à tournoyer de plus en plus vite pour former un tourbillon de feu qui fut aspiré par un gouffre. Mais au moment où Alice sentit qu'elle perdait définitivement l'équilibre et qu'elle allait tomber dans le vide, les couleurs éclatèrent et se fondirent dans le décor de la salle de bains. Il ne resta que des carreaux gris, un rectangle de savon vert et trois serviettes roses suspendues à une barre métallisée aux reflets aveuglants. Avec ses croisillons blancs quadrillant le ciel noir du petit matin, la fenêtre formait un carré de tissu à damiers. Les images ne s'entrechoquaient plus dans sa tête et le brouillard de ses pensées s'était dissipé. Mais le malaise persistait. Alice s'assit sur le rebord de la baignoire. Jamais elle n'avait été aussi malade.

Il devait être encore très tôt. Le froid qu'elle ressentait n'avait rien à voir avec la température ambiante, car elle avait allumé le chauffage la première fois qu'elle était sortie de sa chambre en chancelant. Les frissons qui lui secouaient tout le corps semblèrent redoubler de violence quand elle posa ses mains sur le radiateur. Dans la glace de la salle de bains, elle vit son visage blême, vieilli par la souffrance, tandis que, par à-coups, la bile lui remontait dans la gorge avec un goût amer. Elle se courba en deux au-dessus de la cuvette des WC et se força à vomir.

Puis quand les spasmes eurent cessé, la laissant faible et tremblante, elle se traîna jusqu'à son lit. Andrew dormait. La lumière bleu marine qui, en hiver, précédait l'aurore, éclairait son visage juvénile et sa main enroulée autour de l'oreiller comme celle d'un petit garçon. Elle se glissa à ses côtés sans faire de bruit, paniquée à l'idée qu'il puisse la voir dans cet état répugnant.

Alice n'était *jamais* malade. Quelque chose dans le dîner de Pernille ne lui avait pas réussi, la salade de crevettes, peut-être, ou bien les *Krustaders*. Andrew avait ouvert une bouteille de bordeaux sec de l'*Entre-deux-Mers,* mais elle n'en avait pris qu'un demi-verre. Ils avaient mangé ensuite les chocolats apportés par Oncle Justin. Elle s'écarta d'Andrew et dégagea sa tête des couvertures. À la seule pensée de la nourriture, elle fut reprise de nausées, et une nouvelle vague de frissons la fit claquer des dents.

Elle pressa ses mains sur son diaphragme dans le but de calmer les nausées. C'était peut-être ce yaourt dont elle raffolait depuis quelque temps et qu'elle prenait chaque soir en fin de repas. En imaginant la masse gélatineuse et blanche, qui se décomposait en petit lait après avoir été touillée, elle rejeta brusquement les draps et se rua vers la salle de bains. Pourvu que j'arrive jusqu'aux toilettes, pensa-t-elle.

Bien sûr, cela avait réveillé Andrew. Elle se cramponna au rebord de la cuvette, consciente qu'il se tenait derrière elle.

— Retourne te coucher, dit-elle d'un ton dur. Je ne veux pas que tu me voies dans cet état.

— Ne sois pas stupide.

Elle savait qu'elle en aurait été malade s'il l'avait touchée, mais paradoxalement, parce qu'il ne la touchait pas, elle ressentait sa distance comme une blessure.

— Ça ira mieux dans une minute.

— Pourquoi ne m'as-tu pas réveillé, Bell ? Depuis combien de temps es-tu malade ?

Elle fit couler l'eau froide et s'en aspergea le visage et les mains.

— Des heures, répondit-elle, je ne sais plus.

— Viens, dit-il en la prenant par la taille et elle détourna aussitôt la tête. Je vais demander à Pernille de te préparer du thé.

— S'il te plaît, Andrew, laisse-moi seule.

Elle s'affala sur le lit et enfouit sa tête dans le creux tiède de l'oreiller d'Andrew.

— Tu es absurde, mon ange. N'es-tu pas supposée être la chair de ma chair et le sang de mon sang, dit-il en citant sur un ton mi-figue mi-raisin une phrase de l'un de ses romans victoriens favoris. Je vais appeler Pernille.

Elle fut incapable de boire le thé. Abandonné sur la table de nuit, entre un tube de médicaments et une tasse de la veille, il se couvrait d'une mince pellicule jaunâtre.

— Pernille, dit-elle faiblement, d'où venait ce yaourt que j'ai mangé hier soir ?

La jeune Danoise secoua les oreillers et les tapota pour leur redonner du gonflant.

— J'en ai ramené un paquet hier de chez Mr Feast.

Alice était trop fatiguée pour lui corriger sa

phrase. Elle ne saurait décidément jamais faire la différence entre « rapporter » et « ramener ».

— Est-ce que vous en avez mangé un ?

— Moi ? Non, merci bien. Il n'y a que vous qui en mangez.

Andrew arriva à pas de loup avec les journaux du matin. Elle pria pour qu'il la laisse dans la pénombre et qu'il n'allume pas le plafonnier.

— Ça va mieux, mon ange ?

— Je ne me sens pas bien du tout, Andrew. Est-ce qu'on ne pourrait pas appeler Harry ?

— Juste pour une petite indigestion ? (Il s'assit sur le bord du lit et écarta une mèche blonde qui lui barrait le visage.) Tu iras mieux dans peu de temps...

— Et moi qui voulais aller à Londres aujourd'hui, gémit-elle.

— Dans ce cas-là, je ferais mieux d'appeler Harry. Je suis sûr qu'il ne te laisserait pas sortir, mon ange. Il fait trop froid dehors.

Pour appuyer ses dires, il ouvrit les rideaux sur une matinée grise et venteuse. De gros cumulus noirs auréolés d'une lumière pourpre repoussaient des petits nuages blancs comme de la neige pilée. Le vent soufflait dans les pins écossais dont les branches garnies de bouquets d'aiguilles cliquetaient sans relâche contre les vitres.

— Il ne viendra pas avant d'avoir terminé ses visites.

— Ne t'inquiète pas pour ça, dit-il sèchement. Il viendra bien assez tôt.

Ce petit accès de jalousie était un bien meilleur tonique que n'importe quel autre médicament prescrit par Harry. Rencontrant le regard d'Alice, Andrew éclata de rire et ajouta d'un ton faussement lugubre :

— Tu sais pertinemment, mon ange, que si toute la population de Salstead était atteinte de peste bubonique, ce serait à ton chevet qu'il se rendrait en premier.

— Andrew !

Il devait à ce point l'aimer qu'il ne la regardait pas avec ses yeux mais avec son cœur.

— Va prendre ton petit déjeuner.

Il l'embrassa, prit le livre qu'il avait commencé la veille et descendit.

Harry déboula dans la chambre en fin de matinée. Elle rougit un peu en le voyant. La prophétie d'Andrew se révélait exacte. L'exemple de la peste bubonique était exagéré, mais Harry devait avoir un nombre considérable de patients qui l'attendaient. Elle se représenta Andrew, installé confortablement dans son fauteuil, le sourire aux lèvres, savourant sa condition de mari. Cela lui fit chaud au cœur de savoir que, séparés l'un de l'autre par un plancher, ils partageaient les même pensées.

— Comment vous sentez-vous, Alice ?

— Un petit peu mieux que tout à l'heure.

Elle lui tendit sa main et il lui prit le pouls avec ses doigts.

— J'ai été très malade, ce matin. Est-ce qu'Andrew vous a dit ?

Son visage resta de marbre.

— Il m'en a touché un mot au téléphone. Mais je n'ai pas voulu le déranger quand je suis arrivé. (Retirant sa main, il ajouta sur un ton de reproche :) Il était en train de lire.

« Veut-il faire passer Andrew pour Néron jouant de la harpe pendant l'incendie de Rome ? » se demanda Alice, agacée. La jalousie d'Andrew était compréhensible, c'était la prérogative du mari amoureux. Celle d'Harry était pathétique.

— Je n'ai pas arrêté de vomir. Je crois que j'ai mal digéré quelque chose.

La suggestion n'eut pas l'air de le convaincre car il lui plaça le thermomètre dans la bouche avec un sourire incrédule.

— C'est vraisemblablement un de ces virus qui traînent en ce moment.

Au moment où elle se dit qu'elle allait sûrement vomir à nouveau si elle gardait ce tube de verre dans la bouche une seconde de plus, il le lui enleva et se dirigea vers la fenêtre.

— Est-ce que c'est grave, Harry ? J'avais l'intention d'aller à Londres aujourd'hui, à Paddington, plus exactement.

Il secoua le thermomètre d'un mouvement sec.

— Paddington ? Vous partez en voyage ?

C'était étrange comme tout le monde ne voyait en Paddington qu'une gare. Elle secoua la tête.

— Il n'est pas question que vous sortiez, dit-il. Vous feriez mieux de vous reposer. Je repasserai vous voir demain.

La maladie, chose nouvelle pour elle, l'avait immédiatement rendue hypocondriaque.

— Vous me le diriez, si c'était quelque chose de grave ?

Mais elle savait qu'il n'en ferait rien. Les médecins ménageaient toujours leurs patients.

— Je vous l'ai dit, Alice. Vous avez probablement attrapé un virus infectieux. Je vous avais d'ailleurs trouvée bien pâle, hier.

— C'est pour ça que vous m'avez dit de passer vous voir si j'avais un problème ?

Il devint aussi rouge que le petit facteur de Chelmsford Road.

— Bien sûr, lâcha-t-il abruptement.

Même au mieux de sa forme, Harry restait irrémédiablement gauche et vulnérable. Tandis qu'il rassemblait tant bien que mal ses instruments dans sa mallette, elle passa brièvement en revue leurs dix années passées à Salstead. Elle ne comptait plus le nombre de fois où il l'avait demandée en mariage. Et malgré tout cela, leur relation n'avait jamais été au-delà de l'amitié. Il ne l'avait jamais embrassée ni prise par la taille. Ils se contentaient d'être médecin et patient. Elle sourit presque en pensant que, malgré l'amour qu'il lui portait et ses demandes en mariage, il ne lui était jamais venu l'idée de changer la nature de leur relation. Ayant toujours été en parfaite santé, elle n'avait jamais eu affaire à lui professionnellement.

— J'espère que je ne vais pas être malade longtemps, dit-elle d'un ton maussade.

La situation deviendrait embarrassante s'il devait venir la voir quotidiennement.

— Voilà quelqu'un qui vient vous remonter le moral, dit-il

C'était Hugo. Emmitouflé dans une écharpe d'une équipe de rugby, il traversa la pièce sur la pointe des pieds et jeta un paquet mou sur l'estomac de sa sœur.

— Du raisin, dit-il, salut, Harry.

— Comment as-tu su que j'étais malade ?

— Les nouvelles vont vite dans notre bonne ville. Jackie a rencontré Pernille par hasard en faisant ses courses. (Il se frotta les mains et se laissa tomber lourdement sur le lit.) C'est toi qui as la meilleure place, tu sais. Il fait un froid à se geler...

— Nous avons compris, Hugo, dit Alice en riant faiblement. Au revoir, Harry. Merci d'être venu !

Il sembla hésiter, comme s'il attendait quelque chose.. mais quoi donc ? Qu'espérait-il qu'elle lui disc ? Que pourrait-elle lui dire qui soit à la fois gentil, chaleureux et anodin ?

— Ce n'est pas parce que je suis une amie que...

Voyant son sourire se figer, elle s'enfonça encore plus :

— Enfin... je veux dire... Il ne faut pas négliger vos patients pour moi...

Il avait gardé une main sur la poignée de la porte. En regardant attentivement, elle vit qu'il pressait, pressait la poignée tellement fort que ses ongles étaient devenus blancs.

— Qu'est-ce qui vous fait croire que vous êtes différente des autres, Alice ? dit-il d'un ton cassant.

En proie à une soudaine quinte de toux, Hugo fit de grands effets de manches pour retirer son écharpe.

— Est-ce que vous trouvez quelque chose à redire à mon travail ?

Ne sachant plus où se mettre, Alice bafouilla :

— Je ne voulais pas... c'est-à-dire... ne croyez pas que...

— Je suis désolé. N'en parlons plus. (Il s'éclaircit la voix et amorça un sourire.) Je vais laisser une ordonnance à miss Madsen. Bon rétablissement, lâcha-t-il du bout des lèvres avant de partir.

— Qu'est-ce qu'il lui a pris ?

— Je ne sais pas.

— Il a un gros faible pour toi. Ça se voit comme le nez au milieu de la figure.

— Je m'en contrefiche, dit Alice impatiemment. Oh ! Hugo, je voulais tellement aller à Londres aujourd'hui. Tu ne crois pas que...

— Je ne crois pas, non. Sauf si tu tiens à attraper une pneumonie.

— Tu ne voudrais pas y aller à ma place, par hasard ?

— Pour rien au monde. Nous recevons des gens à déjeuner. Mais pourquoi tiens-tu tant à aller là-bas ?

Quand elle lui raconta l'épisode du facteur, Hugo ne put s'empêcher de se moquer de la ruse de Nesta.

— Ça ne m'étonne pas d'elle. Les femmes donnent tellement d'importance aux adresses. Jackie choisit toujours nos hôtels de vacances d'après leurs noms. Et quand on arrive là-bas, on s'aperçoit que le *Miramar* en question est un taudis construit en haut d'un terrain vague.

— Oui, mais le plus étrange est que *Saulsby* n'existe pas !

— Je ne vois pas pourquoi elle a pris la peine de t'écrire. Elle aurait pu aussi bien disparaître sans donner signe de vie.

Oui, c'était vrai, pourquoi ? La seconde lettre s'expliquait par l'envoi du colis. Mais pourquoi Nesta avait-elle subitement écrit une première lettre, après avoir gardé le silence ? Elle ne pouvait pas savoir qu'Alice avait la bague en sa possession puisqu'elle ne lui en avait pas parlé. C'était bizarre qu'elle ne se fût manifestée qu'au bout d'un mois, juste au moment où Alice s'apprêtait à faire passer une annonce dans le journal. Quelle drôle de coïncidence !

— Je n'ai gardé aucune de ses lettres, mais je me souviens du contenu de chacune. La première disait quelque chose comme ça : *Chère Alice, juste un petit mot pour te dire que j'ai trouvé un endroit pour m'installer temporairement mais que je ne pense pas y rester longtemps. Je ne crois pas que nous nous reverrons, mais je te remercie pour le dîner et pour tout ce que tu as fait pour moi. Mes amitiés à Andrew et à ton oncle.*

— Rien d'original dans cette lettre, commenta Hugo. (Alice soupira, sachant par expérience que les siennes n'étaient guère plus explicites.) Elle ne nous dit que les chose essentielles.

— Moi, ça ne me dit rien du tout, dit Alice tristement. La seconde était encore plus expéditive. *Merci pour la bague. Je joins deux livres pour les frais...* Oh ! mais Hugo, ça aussi, c'est bizarre. Je viens juste d'y penser. J'ai payé Cropper mais je n'ai pas dit à Nesta combien cela m'avait coûté et je ne lui ai même pas demandé d'argent. Mais la réparation coûtait deux livres, et Nesta m'a envoyé exactement deux livres.

— Autre coïncidence ?

— Cela m'en a tout l'air. Ensuite, elle écrivait : *Ne te fatigue pas à me répondre, je ne suis pas du genre à écrire des lettres...* Tout ça exprimé avec plus de tact, bien sûr. Pour terminer, elle me demandait de transmettre ses amitiés à Andrew et à Oncle Justin.

— Elle l'aimait beaucoup, n'est-ce pas ?

— De qui veux-tu parler ?

Elle sentit comme une boule au creux de l'estomac, quelque chose qui remonta dans la gorge avec un goût nauséeux.

— De Justin, bien sûr.

— Oh ! fit-elle soulagée. Qu'est-ce qui te fait dire ça ?

— Tous les matins, elle lui envoyait une fleur pour sa boutonnière.

— Tu brodes, Hugo. Il prenait les fleurs du jardin.

— Tu veux rire ! Pas depuis deux ans, en tout cas. Ta petite Nesta avait l'œil pour repérer les hommes. (Il sourit et ce sourire était empreint d'une vanité toute masculine.) Elle m'a même fait du gringue, une fois, dit-il d'un air pensif.

— Du quoi ?

— Allons, Alice. Tu sais aussi bien que moi ce que veut dire « faire du gringue ». (Il lui jeta un regard interrogateur.) Peut-être pas aussi bien que moi, c'est vrai. Un soir, elle avait fait du baby-sitting à la maison et je l'ai ramenée chez elle en voiture. Elle m'a demandé de la raccompagner jusqu'à sa porte parce qu'elle avait peur dans le noir. Tu te rappelles comme elle prenait des airs langoureux, quelquefois. Eh bien, là... Tu me diras que c'est pas grand-chose mais... elle a trébuché sur le perron et quand je l'ai rattrapée, elle... eh bien... elle s'est accrochée à moi en disant qu'elle était malheureuse et que je ne devais pas la laisser seule. Une fois chez elle, j'ai allumé les lumière, j'ai pris mes jambes à mon cou et je suis parti.

Comme Alice le regardait fixement, il se hâta d'ajouter :

— Mais le plus drôle, c'est que par la suite, à chaque fois qu'on se retrouvait seuls... enfin... quand on se rencontrait par hasard dans la rue, elle me disait... nom d'un chien, comment t'expliquer ça ? Elle me parlait comme si nous avions eu une liaison et que nous devions à tout prix garder le secret. Elle n'arrêtait pas de dire qu'il ne faudrait jamais que Jackie le sache, alors qu'il n'y avait absolument rien à cacher. Je peux te le dire maintenant, puisque nous sommes entre nous, je me suis souvent demandé ce qu'elle aurait raconté à Jackie si elle s'était retrouvée seule avec elle, à l'époque où elle était maniaco-dépressive.

Le terme choqua presque Alice.

— Maniaco-dépressive ? Tu veux dire qu'elle

avait l'esprit dérangé, c'est ça ? Oh ! Hugo, je crois surtout qu'elle se sentait seule et qu'elle enviait un peu le bonheur des autres. (Il haussa les épaules d'un air peu convaincu.) Je pense qu'aucun de nous ne s'est rendu compte à quel point elle était seule. (Elle regarda son frère avec appréhension, se demandant s'il n'allait pas lui reprocher sa sensiblerie.) Elle m'a dit une fois que perdre un mari, c'était comme perdre un bras ou une jambe. Qu'une partie d'elle-même était morte avec lui.

— Décidément, c'était la reine du cliché !

La porte s'ouvrit brusquement sur Andrew qui tenait un plateau avec du café. Alice sursauta, comme si elle avait vu une apparition surnaturelle.

— Oh ! chéri, c'est toi... Où en étais-je ?... Oui, je me souviens qu'elle disait...

— Moi, je me souviens qu'elle disait surtout des bêtises, coupa-t-il, provoquant ainsi l'hilarité d'Hugo.

Il s'approcha du lit et prit doucement le visage d'Alice entre ses mains.

— Tu as meilleure mine, Bell. Tu as repris des couleurs.

Il suffisait qu'il lui dise un mot ou qu'il lui sourie, pour qu'Alice se sente à nouveau belle et désirable. Le sang coulait avec plus de fluidité dans ses veines. Elle passa ses deux mains sur ce dont elle était la plus fière, son cou blanc et sans rides et ses longs cheveux défaits.

— Je crois que je boirais bien un peu de café.

— Je t'ai amené un autre visiteur.

Il effleura son front d'un baiser tendre. Mal à l'aise, Hugo s'agita sur le rebord du lit.

— Alors, qu'est-ce qui ne va pas ? demanda Oncle Justin dans l'encadrement de la porte.

Il fronçait les sourcils. Alice remarqua le chrysanthème accroché à sa boutonnière et se souvint des boutons de rose enveloppés dans une feuille d'argent qu'il avait portés tout l'été.

— Il paraît que j'ai attrapé un virus.

— Un virus ! Nous n'avons rien à faire ici, alors. Il ne manquerait plus qu'il se propage dans toute l'Entreprise.

Il déploya son mouchoir blanc avec ostentation et se l'appliqua sur le visage comme un voile de Touareg.

— Je suppose que virus est le nom plus sérieux qu'on donne à la grippe.

— Je me lève dès que j'ai fini mon café, dit-elle, conciliante, pour qu'il ne l'accusât pas de se complaire dans la maladie.

Sa réponse l'étonna.

— Je resterais au lit, si j'étais toi. (Il s'assit le plus loin possible d'elle, sur le tabouret de la coiffeuse.) Tu as Andrew et je-ne-sais-plus-son-nom pour s'occuper de toi. (Il marqua un temps d'arrêt et conclut d'une manière digne de lui :) Ce n'est pas comme si tu avais quelque chose à faire.

Peut-être valait-il mieux qu'elle ne bougeât pas de chez elle puisque tout le monde tenait tellement à ce qu'elle restât au lit. Le café avait un goût fort et amer. Elle les regarda par-dessus le bord de sa tasse.

Harry ne lui avait pas assuré que c'était un virus, il en avait simplement émis l'hypothèse. Il n'avait pas dit non plus qu'elle avait de la fièvre. Oncle Justin avait raison de remarquer que ce virus pouvait très bien être la grippe, mais elle n'avait jamais eu la grippe jusqu'à présent. De plus, les symptômes liés à son état n'avaient rien à voir avec ceux de la grippe, et elle récupérait très vite entre chaque crise.

Elle buvait son café par petites gorgées lorsqu'une étrange pensée lui traversa l'esprit. Nesta elle-même avait oscillé entre des périodes de crise et d'accalmie, mais chez elle, bizarrement, seul le moral avait été atteint. Hugo avait qualifié Nesta de maniaco-dépressive. Pourquoi elle, Alice, avait-elle subitement développé cette étrange maladie, alors qu'elle était sur le point de retrouver Nesta ?

Le malaise revint comme une lame de fond, la submergeant tout entière tandis que le sang refluait de son visage. Elle se sentit blêmir puis un grand frisson la parcourut de la tête aux pieds.

Hugo et son oncle discutaient de certains changements survenus à l'usine. Seul Andrew remarqua sa pâleur. Il prit sa main et la garda dans la sienne jusqu'à ce que la crise fût passée. Elle se laissa retomber sur l'oreiller, épuisée, en proie à une terreur inexplicable.

6

Le lundi suivant, dès qu'Andrew fut parti, Alice se leva. Après avoir passé deux jours au lit, elle se sentait encore fatiguée, mais elle ne ressentait plus le besoin de dormir, seulement une faiblesse qui avait envahi tout son corps. Les nausées avaient disparu, mais elle restait bizarrement portée à l'indolence et aux crises de larmes. Elle n'avait d'appétit que pour les aliments liquides, mais même les yaourts qu'elle aimait tant avaient un goût étrange, à la fois amer et insipide. Quant au thé, il lui brûlait la gorge.

Pourtant, elle n'était pas vraiment malade. Harry était revenu dimanche et il avait apaisé ses craintes. C'était juste un petit virus, avait-il dit, sans donner plus de précisions. Il s'était montré rassurant, mais elle n'avait pas aimé l'expression de ses yeux. Elle y avait lu le trouble, le doute et l'inquiétude.

L'air frais lui ferait du bien. C'était dommage que le vent fût si fort. Les cimes des arbres dénudés dessinaient à l'horizon comme le profil d'une mer noire et houleuse. Tant pis ! Elle s'emmitouflerait dans des vêtements chauds et se protégerait la tête avec une écharpe. De plus, il faisait toujours plus chaud à Londres qu'à la campagne, et les maisons servaient de rempart au vent.

À l'idée que dans moins de deux heures elle reverrait Nesta, elle se sentait toute ragaillardie. Sans doute, aurait-elle un choc en découvrant la maison de Dorcas Street. Nesta n'en était que locataire, évidemment, et encore, peut-être n'y louait-elle qu'un modeste appartement, ou, pire, une misérable petite chambre de bonne. Alice se promit de rester stoïque. Si Nesta était au travail — elle devait être simple vendeuse dans un grand magasin à l'ouest de la ville —, elle demanderait simplement à la propriétaire l'adresse du magasin et le chemin pour y aller. Elle inviterait Nesta à déjeuner. Perdue dans ses rêves, Alice se voyait prendre un taxi, réserver une chambre au *Savoy,* se faire apporter une bouteille de vin par un serveur déférent.

— Quand je serai partie, dit-elle à Pernille, vous téléphonerez au Dr Blunden pour lui dire que je me sens beaucoup mieux et qu'il n'aura plus besoin de m'appeler.

— C'est difficile pour moi de parler au téléphone, Mrs Fielding.

La jeune Danoise avait une peau plus sombre que ses cheveux et des yeux bleus expressifs comme ceux des chats siamois.

— C'est parce que vous manquez de pratique, affirma Alice. Je vous promets de vous rapporter des timbres pour votre frère. Il en fait toujours collection ?

Le visage de Pernille, jeune fille dotée d'une heureuse nature, se fendit d'un large sourire.

— Oh ! oui, Knud est un fameux... (elle prononça le mot avec une pointe de fierté)... philatéliste !

— Je n'oublierai pas.

Elle devait aussi faire un cadeau à Nesta. Alice se demanda pourquoi elle n'y avait pas pensé plus tôt. Ce n'était pourtant pas son genre d'aller chez quelqu'un les mains vides. Elle se sentit honteuse, presque soulagée de ne pas avoir trouvé Nesta à Orphingham. Arriver sans le moindre petit cadeau alors que Nesta était peut-être dans le besoin... Elle était à la fois étonnée et effrayée par sa désinvolture.

Alice croyait sincèrement qu'elle connaissait Londres. Il est impensable de ne pas connaître une ville qui se trouve à une trentaine de kilomètres de chez vous. En vérité, elle connaissait moins bien la capitale que certains touristes. Elle n'avait vu les rues de Londres que par les fenêtres des taxis, et ses monuments, uniquement dans des guides touristiques feuilletés à la va-vite. Elle avait foulé quelques mètres carrés de sol londonien devant la plupart des théâtres, arpenté quelques rues pour s'acheter des vêtements, et elle visualisait à peu près la partie de la Tamise située entre la Tour et le pont de Westminster. À l'âge de dix ans, elle pouvait citer dans l'ordre tous les ponts qui traversaient le fleuve, comme on peut compter jusqu'à vingt en français. En fait, elle connaissait sa capitale comme la plupart des Anglais la connaissent.

En prenant le métro à Liverpool Street, elle se souvint qu'elle avait souvent fait ce trajet avec Nesta. Elles descendaient toujours à Marble Arch et continuaient à pied en regardant les vitrines. Nesta avaient des goûts de luxe — les vêtements noirs qu'elle portait toujours ne supportaient pas la médiocrité —, et il était quelquefois arrivé à Alice de lui glisser quelques billets quand la vendeuse avait le dos tourné. C'est terrible de ne pouvoir s'acheter les robes noires dont on a besoin pour porter le deuil de son mari. Alice ne s'achetait jamais rien mais suivait Nesta partout où elle allait.

Aujourd'hui, elle n'avait pas de guide, mais c'était facile de trouver un cadeau pour une femme aussi jolie et aussi coquette que Nesta, une bouteille de parfum, une écharpe en soie imprimée noir et blanc. Alice sortit du magasin et héla un taxi. C'était la seconde fois de sa vie qu'elle se débrouillait toute seule dans Londres. Le conducteur suivit ses directives sans poser de questions. Elle se trouvait le courage et la sophistication des citadines. Londres était une ville comme une autre, un Salstead ou un Orphingham en plus grand.

Une fois passé Marble Arch, elle ne parvint plus à se situer. Elle se laissa aller contre le siège de la voiture et ferma les yeux. Elle pouvait être n'importe où, dans n'importe quelle grande ville. Tout en se sentant à nouveau gagnée par la fatigue, elle fut prise d'une sorte de vertige qui était encore trop faible pour annoncer un malaise. C'était simplement une gêne passagère qu'elle mit sur le compte de la nervosité et de l'appréhension. Elle se redressa et regarda par la vitre.

Ils étaient presque arrivés. Lorsque le taxi s'engagea dans une grande rue animée, elle aperçut une plaque portant le nom de Dorcas Street. Enfin, elle touchait au but.

L'endroit n'était ni sordide ni romantique. En tout cas, ce n'était pas le taudis qu'elle s'était imaginé. C'était une longue rangée de maisons attenantes agrémentées de petits balcons en fer forgé et de porches soutenus par des piliers. L'ensemble avait pourtant un aspect négligé. La chaussée sans arbres et uniformément grise semblait réfléchir un ciel sombre et mobile, formant lui-même une avenue délimitée par le sommet des maisons.

Il lui était encore difficile de se faire une idée du numéro 193. Le taxi s'étant arrêté juste devant la porte, elle ne voyait que les deux gros piliers et les marches du perron. À Salstead, Alice n'aurait pas hésité longtemps sur le montant du pourboire qu'il fallait laisser à Mr Snow. Elle se retrouvait maintenant un peu embarrassée. Une livre suffisait-elle ? Vu le large sourire que le chauffeur lui adressa, cela devait suffire. Ce ne fut qu'en le voyant disparaître au coin de la rue qu'elle regretta de ne pas lui avoir demandé d'attendre.

Elle se dirigea vers les marches en soupirant. Sur le pilier où elle s'attendait à lire un numéro, il n'y avait qu'un rectangle vide, comme une tache pâle sur le ciment gris. Lentement, elle leva la tête et son regard erra un moment sur la façade. Plus haut, sur le fronton, s'inscrivaient en lettres de néon, seule et fragile concession faite à l'élégance, les mots : *Hôtel Endymion*.

Et voilà que tout recommençait. Pendant un bref instant où elle crut perdre la raison, son cerveau enregistra l'image folle d'un autre avis de réexpédition, de toute une série d'avis, même, qui la renvoyait d'une maison à une autre, l'obligeant à sillonner le pays en long, en large et en travers. Non, c'était impossible. Ce n'était qu'un mauvais concours de circonstances.

Plantée devant la porte, elle fixait d'un œil vide le petit rectangle de plâtre exempt de numéro, lorsque, sans prévenir, elle fut prise de violents haut-le-cœur qui l'obligèrent à s'appuyer contre le mur. La crise se calma au bout d'un moment qui lui parut interminable, mais ses jambes flageolaient encore.

Elle inspira une bouffée d'air pas très frais, puis elle franchit le seuil de la porte.

Parce qu'elle s'attendait au pire, Alice fut agréablement surprise. Le décor de la réception venait apparemment d'être rénové. On avait posé du lambris sur les portes d'époque victorienne. Les moulures du plafond avaient disparu sous des plaques en polystyrène, et le plancher avait été recouvert de dalles plastifiées noires et blanches. De chaque côté du faux plafond dépassaient quelques feuilles d'acanthe en plâtre, vestiges d'une frisure corinthienne. Figés dans leur vase en faux marbre, des glaïeuls et des roses en plastique formaient un feu d'artifice de couleurs. Derrière un comptoir jaune citron, un jeune homme juché sur un haut tabouret se tenait penché sur un registre.

Elle avait franchi le pas de la porte sans faire de bruit et il resta un moment sans la voir. Elle attendit près des fleurs dont les pétales et les calices étaient incrustés de poussière et, tandis qu'elle hésitait, quelqu'un entra par la porte du fond.

La porte s'était refermée toute seule, et ce qu'elle vit par l'entrebâillement lui ôta ses dernières illusions. Le mur du couloir était tapissé d'un papier jaunâtre et le sol était recouvert d'un tapis usé jusqu'à la corde. Puis la porte battante se referma brusquement sur une femme dont elle ne vit que le dos et les cheveux blonds vaporeux.

Elle se précipita vers le bureau de réception, oubliant dans l'excitation ses nausées et sa timidité.

— Pouvez-vous me dire si Mrs Drage est là ?

— Pas pour le moment. Ce n'est pas une pensionnaire de l'hôtel.

Sa peau avait l'aspect blanc et luisant d'un filet de merlan. Il passa sa langue sur ses lèvres charnues et la dévisagea d'un air de profond ennui, balançant ses jambes comme s'il marquait le rythme d'une chanson qui lui trottait dans la tête.

— Mais vous la connaissez ? Elle est venue ici ?

Son regard enregistra le sac et les beaux gants de cuir puis les cadeaux de Nesta enveloppés dans du papier glacé.

— Je n'ai pas vu Mrs Drage depuis... environ trois mois. Oui, ce doit être ça... C'est drôle que vous me posiez cette question. Je ne me serais pas souvenu d'elle... (Il eut un sourire ironique et elle sentit que ce sourire lui était destiné.)... avec tous ces gens qui vont et qui viennent... (D'un signe de la main, Alice le pressa de finir sa phrase.) Je veux dire, je ne me serais pas souvenu d'elle si Mr Drage n'était pas venu lui-même il y a environ une demi-heure.

— Mr Drage ?

Alice s'agrippa au comptoir et chercha des yeux une chaise. Avant de pouvoir se ressaisir, elle éclata :

— Mais il ne peut pas y avoir de Mr Drage puisqu'elle est veuve !

Il ne broncha pas. Il étouffa un bâillement et haussa légèrement les épaules. Ils avaient beau ne pas être de la même classe sociale, ils n'en étaient pas moins deux êtres humains habitant le même pays.

— Ah, ouais ? Eh bien, soyons tolérants. Peut-être qu'elle s'est remariée. En tout cas, ce ne sont pas nos affaires.

Le téléphone sonna. Il baragouina des propos inintelligibles qu'il ponctuait de « ouais... ouais » à n'en plus finir. Alice le regarda d'un air découragé. Nesta n'était pas venue à l'hôtel *Endymion* depuis trois mois mais ses lettres l'avaient suivie depuis Orphingham jusqu'ici.

Pendant qu'il bavardait, elle feuilleta son agenda et s'arrêta aux pages du mois d'août. Nesta avait quitté Salstead le 8 août. Elle mit ses lunettes et chercha un endroit plus éclairé. *Vendredi, 7 août, Pernille malade. Harry dit que c'est psychologique, probablement mal du pays. Dois trouver moyen de lui remonter le moral. Peut-être un petit cadeau ? Nesta vient dîner. Temps très chaud.*

Samedi 8 août. Nesta s'en va aujourd'hui. Il pleut à verse.

— Est-ce que Mrs Drage est venue ici, le 8 août ?

Il raccrocha le combiné.

— Vous êtes de la police ?

— Est-ce que j'ai l'air d'un policier ?

Peut-être que les femmes-policiers s'habillaient comme elle, quand elles n'étaient pas en uniforme. Dès qu'elle eut posé la question, elle regretta de ne pas avoir eu le courage de bluffer. Au fait, combien pourrait-elle lui donner pour lui soutirer des renseignements ?

— Si c'est son adresse que vous voulez, dit-il brusquement, je ne peux rien pour vous. Mr Drage est simplement venu pour prendre son courrier.

— Son courrier ? (Sa voix résonna dans la pièce comme si quelqu'un avait parlé à sa place.)

— Ouais, eh bien, si vous le permettez, j'ai du travail à faire.

Elle sentit l'angoisse revenir au grand galop. Se ressaisissant immédiatement, elle lui demanda d'un ton autoritaire :

— S'il vous plaît, dites-moi...

Il ne fallait pas qu'elle lésine sur le prix. Elle ouvrit son sac et, chassant de son imagination les visages horrifiés d'Andrew et de l'Oncle Justin, posa un billet de dix livres sur le bureau.

Pendant un instant, son visage demeura inexpressif. Puis sa bouche rouge et humide esquissa un sourire mielleux.

— Qu'a-t-elle fait, hein ?

— Rien. J'ai besoin de lui parler et je n'arrive pas à la retrouver.

— Ouais, eh bien... (Sa petite main potelée et manucurée saisit prestement le billet et le fit disparaître dans la poche du veston, de laquelle dépassait une chaîne en or. Il ouvrit le registre qu'il compulsait lorsque Alice était entrée.) Le 8 août, vous dites ? Mrs Drage avait réservé une chambre pour la nuit mais elle n'est pas venue. Son mari a téléphoné pour annuler. Elle n'est jamais venue depuis mais nous avons reçu du courrier pour elle. Trois ou quatre lettres et un petit paquet...

— Que vous avez donnés à cet homme qui est venu ce matin.

— Je les ai donnés à Mr Drage, houais... Pourquoi ?

Un personnage important de Salstead... S'il pouvait lui donner quelques petits détails sur le physique de ce « Mr Drage »... Il se dandina sur son tabouret et frotta ses ongles sur le revers de son veston.

— Vous le connaissez bien ? dit-elle d'un ton encourageant.

— Bien sûr. Lui et sa femme avaient passé des week-ends à l'hôtel, il y a déjà un sacré bout de temps de cela. Ils habitaient à la campagne, dans un bled paumé de l'Essex.

Le sang d'Alice ne fit qu'un tour. Cet homme pouvait être quelqu'un qu'elle connaissait.

— Alors, vous avez sûrement dû avoir l'occasion de l'observer de très près, suggéra-t-elle en s'armant d'un grand sourire. (« Mon Dieu, faites qu'il me donne quelques détails ! », implora-t-elle intérieurement.) Vous étiez seul avec lui, ce matin. Je suis sûre que...

Elle s'arrêta brusquement. Le visage de l'homme était défiguré par la haine. Il descendit de son tabouret avec une lenteur qui n'augurait rien de bon. Qu'avait-elle dit ? Avait-il des remords de s'être laissé acheter ? Il se pencha au-dessus du comptoir et rapprocha son visage du sien.

— Où voulez-vous en venir ? (Il ne mesurait pas plus d'un mètre soixante, les attaches de ses mains étaient fines, et son corps ondulait comme celui d'une fille.) Qu'est-ce que vous insinuez ?

Alice n'avait aucune idée de ce qu'il voulait dire, mais elle sentit que quelque chose lui échappait, quelque chose de terrible et d'inconnu. Elle se recula brusquement en poussant un petit cri de frayeur et dérapa sur le sol glissant. Ses mains trouvèrent la poignée de la porte et elle sortit dans la rue en chancelant.

Un taxi. Il lui fallait trouver un taxi. Serrant contre elle les cadeaux de Nesta, elle remonta Dorcas Street en courant et rejoignit la rue principale. Les trottoirs étaient noirs de monde. Après cette rencontre peu banale, c'était réconfortant de se retrouver parmi des gens ordinaires, mais elle fut à la fois étonnée et effrayée de constater le nombre de femmes qui ressemblaient à Nesta. Les talons hauts claquaient sur le pavé, les jupes courtes volaient au vent, dévoilant des genoux bien enrobés. Les jolies figures de poupée maquillée s'animaient sous un flot de paroles. Les cheveux blonds permanentés, décolorés, choucroutés contrastaient avec les bouches rouge cerise. Elle prit conscience, mais cette révélation ne datait pas d'aujourd'hui, que c'était ce genre de femme qui était censé incarner l'idéal féminin. La blondeur, la fadeur, la peau de porcelaine, voilà ce qui attirait la majorité des hommes, voilà ce qui suscitait leur convoitise et déclenchait par la même occasion leurs plaisanteries égrillardes.

Elle s'élança sur le trottoir le plus large et se perdit dans la foule des petits fantômes blonds. Fantômes... Pourquoi avait-elle pensé à ce mot ? Elle frissonna.

Le premier taxi était pris, le second s'arrêta pile devant elle quand elle leva la main. La matinée avait été désastreuse et elle se sentait incapable de prendre le métro.

— Pouvez-vous me déposer à Liverpool Street ?

Les billets qu'elle sortit de son portefeuille étaient aussi réconfortants qu'une drogue.

— Ma pauvre Bell, dit Andrew en souriant, je regrette de ne pas avoir été là. J'aurais aimé voir ta tête quand il t'a prise pour une femme flic !

— C'était horrible ! dit-elle en fermant les rideaux sur le jardin éclairé par la lune orange. Je suppose que, maintenant, il ne me reste plus qu'à abandonner mes recherches...

Andrew poussa le canapé près du feu et installa un coussin sous la tête d'Alice.

— Tu supposes ? Je croyais que le mystère était résolu.

— Il ne l'est pas vraiment. Enfin, pas entièrement. Comment a-t-elle pu m'écrire pour me remercier de lui avoir envoyé la bague, si elle ne l'avait pas encore reçue ? Et pourquoi cet homme a-t-il attendu ce matin pour venir récupérer le courrier ? C'est... enfin, c'est une coïncidence tellement incroyable.

— Ça le serait si tu n'avais pas oublié un détail.

Elle lui jeta le regard implorant d'une personne qui attend d'être rassurée. Il lui déposa un baiser rapide sur le bout du nez.

— Comment peux-tu être sûre que ces lettres et ce paquet étaient de toi ?

— Mais je... Andrew, je ne lui ai pas vraiment demandé d'où ils venaient. J'ai juste supposé...

— Tu as juste supposé. Si elle se servait de l'endroit comme d'une boîte aux lettres, elle a pu recevoir des dizaines de lettres. Son petit ami aurait pu venir prendre le courrier une fois par semaine.

— Ce n'est pas l'impression que j'ai eue, chéri. Je suis sûre qu'il voulait dire que c'était la première fois qu'il venait et qu'il a pris *toutes* les lettres.

Le visage d'Andrew se contracta. Il eut un geste d'impatience qu'il refréna aussitôt, puis il sourit et la regarda d'un air attentif.

— Comment peux-tu te fier à tes impressions quand tu dis toi-même que tu ne te sentais pas bien ?

Comme celle de la bougie, la lumière de l'âtre flatte le teint. Elle sentit les flammes danser sur son visage, puis elle réalisa avec un pincement au cœur qu'elle ne s'était pas repoudrée et qu'elle n'avait pas remis de rouge à lèvres depuis le matin. Etait-ce pour cela qu'il la détaillait du regard ?

— Tu étais malade et nerveuse. Ne sous-estime pas ton imagination, Bell.

— Oui, tu as raison. Tu as toujours raison.

Elle replia ses jambes sous elle et posa sa tête sur son épaule. Il avait retourné son livre ouvert contre les coussins. La couverture était marron glacé et le titre gravé en lettres turquoise... Elle le vit avancer furtivement sa main pour le reprendre, et ce fut d'une manière à la fois caressante et empressée qu'il fit glisser le livre sur ses genoux.

— Vas-y, dit-elle en riant, tu peux lire si tu en as envie. Je ne te dérangerai pas.

Les gens qui lisaient en permanence cherchaient un moyen de fuir la réalité. Pourquoi avait-il tant besoin de s'évader et à quoi voulait-il échapper ? Il est fatigué, pensa-t-elle, c'est un réflexe naturel.

Une bibliothèque couvrait toute la surface du mur de chaque côté de la cheminée. Les œuvres politiques et religieuses d'Anthony Trollope avaient une place de choix sur la troisième étagère en partant du haut. Tous les livres de politique avaient cette même couverture bleu et marron. Elle sourit en réalisant qu'elle n'avait jamais vu la collection complète sur les étagères. Andrew avait toujours au moins un livre en main ou sur sa table de chevet.

Elle couvait Andrew du regard mais il était déjà trop absorbé par sa lecture pour y prêter attention. N'était-ce pas étrange qu'il lise et relise les mêmes romans ? Il devait les connaître par cœur. Elle n'avait qu'une vague idée de la place que prenait ce monde dans la vie d'Andrew. Cela devait être pour lui un monde réel ancré dans le quotidien, un monde qui élevait sa conscience, qui lui était source d'inspiration en même temps qu'un guide du langage.

Tout en réfléchissant à la question, elle eut soudain la conviction que, pour être véritablement son âme sœur, elle devait s'ouvrir à ce monde. C'était ce qu'on appelait « avoir des choses en commun ». Il n'en fallait pas moins pour pallier certains obstacles insurmontables : la différence d'âge, par exemple, ou l'impossibilité d'avoir des enfants.

Elle se leva. Il tourna une page et sourit à une phrase qu'il appréciait particulièrement. En le voyant sourire de la sorte, sans complexe, inconscient du regard des autres comme peut l'être un enfant lorsqu'il joue, elle lui trouva un air terriblement juvénile. Jamais il n'avait paru aussi jeune. Elle sentit tout à coup le poids de ses trente-huit années.

La porte de la salle à manger était entrebâillée. En traversant le hall, elle vit le jardin de *Vair* et son massif d'arbustes qui se profilaient derrière les portes-fenêtres de la pièce plongée dans l'obscurité. Dire qu'il y a des années, alors qu'Andrew n'était même pas né, une enfant déjà grande pour son âge lisait des livres de grande personne sur cette pelouse et sous ces arbres.

Elle monta dans sa chambre et alluma la lumière au-dessus de sa coiffeuse. Puis elle prit dans son tiroir le seul rouge à lèvres qu'elle possédait.

Elle se tourna lentement vers la glace et ses yeux rencontrèrent son image. La pièce n'était pas très éclairée et le reste du mobilier se fondait dans l'obscurité. La glace ne réfléchissait que son propre visage et la forme vague d'un vase avec des fleurs.

L'applique au-dessus du miroir projetait une lumière translucide et dorée sur ses cheveux en désordre, retombant en mèches folles sur son front. Intriguée, légèrement angoissée, elle recula d'un pas et ferma les yeux. Elle les rouvrit au bout d'un instant. C'était toujours la même impression. Son visage lui était à la fois familier et étranger. Il avait l'air plus rond, plus pâle, comme dénué d'intelligence. D'une certaine façon, il avait l'air aussi plus jeune, car la peau était claire et veloutée et le regard était vif.

« Ressaisis-toi », dit-elle à voix haute mais la phrase rebattue qu'elle se vit et s'entendit prononcer comme un rituel ne fit qu'accentuer... quoi ? L'hallucination ?

Elle se recoiffa en un tour de main. Tandis qu'elle traçait deux traits rouge cerise sur sa bouche, l'illusion se dissipa. Elle poussa un soupir de soulagement et se redressa. Elle était à nouveau elle-même.

7

Un vent soufflant du nord-est balayait la route à quatre voies et s'engouffrait en mugissant sous les arcades du pont en béton. À l'entrée de la rocade, quelqu'un avait remplacé les bidons d'huile par un long ruban blanc tendu de part et d'autre de la route, comme sur une voiture de mariés.

Malgré le froid, une foule nombreuse s'était déplacée pour assister à l'inauguration officielle : les enfants de l'école primaire encadrés par des instituteurs dépassés, des vendeuses qui s'étaient échappées de leur boutique pendant la pause du déjeuner, quelques ménagères avec leur cabas à provisions. De l'autre côté du ruban, se tenaient la déléguée du ministre des Transports, personne étonnamment féminine, comme si ce n'était pas déjà assez étonnant qu'elle soit une femme ; Justin Whittaker qui était président du comité de soutien à la construction de l'auroroute ; le président du conseil général ; et un invité d'honneur parasite qui se contentait de regarder et d'applaudir en attendant de se goinfrer de saumon fumé et de poulet rôti au *Bodicea,* en compagnie des autres invités.

— Il n'est pas un habitant de Salstead qui ne bénira l'ouverture de cette rocade, récitait Justin

Whittaker. Au nom de la population tout entière, je déclare que ce n'est pas sans une certaine inquiétude et sans une réelle appréhension que nous assistons à la détérioration de nos monuments historiques par le passage quotidien...

Andrew saisit le bras d'Alice.

— Oh ! Abrège, abrège ! dit-il dans un bâillement.

— Chuuut !

— Elle ne constituera pas non plus un obstacle à la bonne marche de notre commerce florissant, car une voie adjacente donnera directement accès au centre ville. Nous tenons à rendre hommage à nos ingénieurs qui ont su mettre le meilleur de la technique moderne au service de notre ville, permettant ainsi à Helicon Lane de conserver sa beauté originelle dont nous pouvons à juste titre nous enorgueillir.

Une bruine glaciale s'était mise à tomber. Justin Whittaker releva le col de son manteau en cachemire et, après avoir reculé d'un pas, tendit une paire de ciseaux à la secrétaire parlementaire. Emmitouflée dans sa fourrure, elle coupa le ruban sans lâcher le petit bouquet de violettes offert par un écolier.

— Je déclare ouverte la nouvelle rocade de Salstead, dit-elle d'une voix lointaine et haut perchée.

Andrew poussa Alice du coude.

— Et que Dieu protège tous ceux qui l'emprunteront ! lui souffla-t-il à l'oreille.

Elle se mit à rire et se serra contre lui pour affronter les bourrasques de vent.

La secrétaire parlementaire se dirigea vers sa voiture à petits pas précipités. Son chauffeur lui ouvrit la porte puis la voiture s'engagea sur la nouvelle route, suivie par la Bentley de Justin Whittaker, la Rolls du président, et ainsi de suite jusqu'à la Mini Austin de l'inspecteur sanitaire. La secrétaire parlementaire salua gracieusement les écoliers, comme une dame de haut rang dans un cortège royal.

— Venez, les enfants, ironisa un maître d'école. Que les invités du grand dîner se mettent au premier rang.

— Allez-vous au repas ? demanda Alice à Harry Blunden.

— Je ne suis pas une haute personnalité locale. Rien de plus banal qu'un médecin généraliste, de nos jours.

— Nous avons deux invitations, dit Alice. Comme vous pouvez vous en douter, j'ai eu droit à un régime de faveur en tant que membre de la famille Whittaker, mais Andrew doit retourner à l'usine...

Elle se rendit soudain compte de ce qu'elle disait et de ce qu'il pouvait en conclure. Mais il n'y avait aucune raison de lui refuser la place d'Andrew. Encadrée par les deux hommes, elle regarda tour à tour le beau visage de son mari et la tête ébouriffée du docteur. Puis elle sentit une légère pression de la main d'Andrew dans la sienne. C'était le signe qu'il n'apprécierait pas une substitution.

— Bien entendu, je n'irai pas non plus, dit-elle d'un ton trop emphatique.

— Comment allez-vous, Alice ? (Toujours cet air prévenant et ce ton plein de sollicitude.) Miss Madsen m'a appelé hier pour me dire que vous vous sentiez mieux.

— J'ai presque retrouvé ma forme.

— Je pourrais peut-être passer vous voir dans un jour ou deux ?

Andrew avait ouvert la porte de la Sprite pour Alice.

— Je ne crois pas que cela soit nécessaire, dit-il d'un ton neutre.

Harry se mit à rougir et tourna la tête face au vent.

— Nous vous contacterons... (Il marqua un temps d'arrêt et appuya ses dernières paroles :) quand ma femme aura besoin d'une nouvelle ordonnance.

Il poussa Alice dans la voiture sans autre ménagement.

— Nous allons nous aussi rendre hommage à la technique moderne.

La voie de dégagement se détachait peu à peu de la route à quatre voies en formant un angle aigu. De la fourche, on ne voyait que l'extrémité de Helicon Lane à cause des remblais qui s'élevaient de chaque côté du terre-plein. De loin, on aurait dit que les champs étaient balafrés de cicatrices boursouflées.

Se rappelant qu'elle n'était pas passée par Helicon Lane depuis le départ de Nesta, Alice se pencha pour regarder la rue en contrebas. Les branches du vieux chêne semblaient balayer le ciel comme les crins d'un immense balai. Elle eut le temps d'apercevoir l'ancien magasin de fleurs avec ses deux vitrines désormais remplies de canevas et de pelotes de laine. L'enseigne aussi avait changé de nom : « Le Bouquet de la mariée » s'appelait maintenant « La Boîte à couture ». Elle soupira, et la buée exhalée par son souffle brouilla définitivement l'image de la boutique.

La route traversa une bande de terre aride. On

avait dressé une barrière devant la nef de l'église St Jude et il ne restait plus rien du vieux cimetière. Cela lui fit froid dans le dos de penser qu'ils roulaient sur ce qui avait été une terre sacrée. Il y a encore quelques mois, des gens endeuillés avaient suivi les cortèges funèbres le long des allées ombragées. Des gens de la campagne avaient apporté des chrysanthèmes de leur jardin pour fleurir les tombes couvertes de mousse.

Alice chassa ces pensées morbides de son esprit et dit de façon prosaïque :

— Je me vois mal aller à ce déjeuner, maintenant.

— Et pourquoi ça ?

— Après ce que j'ai dit à Harry ! « Et après ce que tu as dit », faillit-elle ajouter.

— Tu peux très bien avoir changé d'avis au dernier moment, dit-il en prenant un air jésuite. Pernille n'aura rien préparé pour toi.

Il jeta un coup d'œil dans le rétroviseur.

— J'ai intérêt à accélérer si je ne veux pas me retrouver coincé dans le cortège officiel.

Lorqu'il la déposa dans la Grand-Rue, elle n'avait toujours pas pris de décision. Il y avait plein de gens sur les trottoirs et c'était pour la plupart des gens qu'elle connaissait. Mais qu'est-ce ça pouvait bien faire s'ils voyaient Andrew la prendre dans ses bras et l'embrasser sur la bouche ? Ils étaient encore en pleine lune de miel et cela durerait jusqu'à ce qu'ils soient vieux, si vieux qu'on ne remarquerait plus les neuf années qui les séparaient. Elle entra au *Bodicea* avec le goût du baiser qu'il lui avait donné.

Le bar était déjà noir de monde. Un serveur s'approcha d'elle avec un plateau. Elle prit un verre contenant un alcool jaune pâle dans lequel flottait un zeste de citron. À travers la porte vitrée de la salle à manger, tout au bout d'un couloir au plafond voûté, elle aperçut les tables dressées pour le déjeuner : nappes blanches, couverts en argent et bouquets de dahlias dans de longs vases fuselés. La porte s'ouvrit sur une serveuse qui apportait une soupe dégageant une forte odeur aillée.

Alice reposa brusquement son verre, l'estomac barbouillé. Elle sentit que les dernières gorgées de Martini blanc rencontraient la résurgence amère d'un je-ne-sais-quoi qui lui souleva le cœur. C'était comme si sa gorge et son estomac étaient ébouillantés de l'intérieur. Elle se retint à la table, détournant les yeux pour éviter le regard de Mrs Graham, la femme du tenancier, déjà sur le point d'accourir.

Comment pouvait-elle envisager de déjeuner avec tous ces gens dans l'état où elle se trouvait ? Avant même d'avoir avalé la moitié de cette soupe, elle aurait sauté de sa chaise pour se ruer vers la porte, une serviette pressée contre sa bouche. Il était plus sage de partir maintenant avant que les gens lui posent des questions et la soutiennent par le bras.

Elle se fraya un chemin jusqu'à la sortie, creusant un tunnel parmi les invités agglutinés. Les rires et les éclats de la conversation la faisaient souffrir comme autant de petits poignards. Le vent aussi se mit de la partie, lui cinglant le visage avec un regain d'énergie. Elle venait de trouver refuge sous le porche de la boutique de Mr Cropper, quand l'Oncle Justin et la secrétaire parlementaire sortirent de leur voiture. Son oncle ne l'avait pas vue. Elle resta le dos tourné pendant un moment, scrutant dans la vitrine des bagues et des broches jusqu'à ce qu'ils eussent traversé le trottoir.

Elle se mit alors à remonter la Grand-Rue. Le vent continuait de lui gifler le visage. Pas étonnant que, sur les tableaux de l'époque, le vent fût peint sous les traits d'un dieu capricieux ou d'un chérubin farceur.

Elle se trouvait à deux kilomètres de *Vair House* et Andrew avait gardé la voiture pour se rendre à l'usine. L'autobus qui desservait le quartier avait été dévié pendant les travaux de l'autoroute et n'avait pas repris son service régulier. La seule personne qui pouvait l'aider était Harry mais elle n'allait quand même pas l'appeler maintenant. Je vais devoir marcher, se dit-elle, résignée.

Elle avait à peine parcouru une vingtaine de mètres qu'elle sentit soudain ses jambes se dérober sous elle. Elle n'avait plus aucune force et une vague de panique la submergea à nouveau. Le malaise resserra son étau autour d'elle comme un énorme serpent étouffe sa victime. Suffoquée, elle se dirigea en titubant vers la pelouse du monument aux morts et s'affaissa sur un banc de bois épais.

Il n'y avait plus qu'une chose à faire. Louer une voiture. Elle n'avait qu'à se reposer cinq minutes, puis elle irait chez Snow, juste à côté.

Petit à petit, ses oreilles cessèrent de bourdonner et l'étau se relâcha. C'était comme si on lui retirait un bandage autour d'un membre immobilisé, sauf que, dans son cas, c'était tout son corps qui était bandé. Elle se leva avec difficulté et se remit en route.

Salstead Location. Voitures sans chauffeur et avec chauffeur. C'était là qu'ils avaient loué leur voiture de mariage. Elle se revit faire un signe à Mrs Johnson par la vitre d'une limousine noire au moment où elle s'apprêtait à partir pour l'église avec Oncle Justin.

Le bureau était une baraque en rondins devant laquelle étaient parquées de grosses voitures aussi noires et lustrées qu'un troupeau d'otaries. Perché sur un tabouret haut, le chapeau relevé au sommet du crâne, le propriétaire engloutissait deux sandwiches en lisant le *Daily Mirror*. Quand il vit Alice, il sauta sur ses pieds.

— Oh, Mr Snow, je crois que je ne me sens pas bien. J'ai eu comme un vertige et je me suis demandé si.... (Elle se força à sourire, tout en évitant soigneusement de regarder les tranches de pain et le corned beef.)

— Tenez... Asseyez-vous donc sur cette chaise, Mrs Fielding ! (Elle se laissa tomber lourdement sur une chaise cannée dont le fond était percé.) Vous êtes blanche comme un linge. Et maintenant, si j'étais vous, je prendrais une petite goutte de cognac...

— Du cognac ? Oh, non, merci, je ne pourrais...

— Il n'y a rien de mieux pour vous remettre l'estomac en place... (Coupant court à ses objections, il prit une petite bouteille sur l'étagère ainsi qu'un verre étonnamment propre.) Ça va vous requinquer, moi je vous le dis.

— Merci. C'est très gentil à vous.

Les effets furent immédiats. Contre toute attente, le cognac ne lui brûla pas l'estomac mais répandit dans tout son corps une tiédeur douce et réconfortante, comme lorqu'on respire un parfum de fleur fraîchement coupée. Il lui sembla que tous ses membres étaient à nouveau irrigués par une source bienfaisante.

Mr Snow mit les restes d'un sandwich dans son papier d'emballage et regarda par la fenêtre aux vitres sales en sifflotant doucement entre ses dents.

— Est-ce que vous avez eu des nouvelles de Mrs Drage ? demanda-t-il soudainement.

— Eh bien...

— Je vous demande ça parce que je sais que vous étiez amies... Vous vous sentez mieux ?

— Beaucoup mieux, oui... Mais pourquoi me parlez-vous de Mrs Drage ?

— Eh bien ! C'est à propos d'une affaire, Mrs Fielding. Mais je ne veux pas vous embêter avec ça maintenant...

— Oh ! mais non. Je vous écoute.

— Comprenez bien que je n'ai rien à lui reprocher. (Il prit un verre, l'essuya avec un morceau de papier journal et le retourna sur l'étagère. Elle ne put s'empêcher de frissonner.) C'est simplement que... nous avons fait une ou deux petites courses pour Mrs Drage et comme elle est partie sans laisser d'adresse....

— Vous voulez dire qu'elle vous doit de l'argent ?

Il ouvrit un grand livre de comptes sur son bureau.

— C'était le 7 août. Le 7 et le 8, exactement... (Alice, mal à l'aise, se mordit la lèvre inférieure.) Elle avait loué une de mes camionnettes pour apporter tout son bric-à-brac chez les Feast. (Elle remarqua que Daphné avait elle aussi employé le mot bric-à-brac.) Elle nous avait ensuite demandé de venir la prendre au « Bouquet de la mariée » le lendemain matin à 8 heures pile pour l'accompagner à la gare. Elle devait passer la nuit chez les Feast et revenir très tôt le lendemain pour s'occuper du déménagement. Nous devions l'accompagner à la gare et prendre des affaires chez les Feast en passant. À 8 heures pile, avait-elle dit. Je suis allé la chercher moi-même en voiture mais elle n'était plus là. Elle s'était envolée. J'étais plutôt furax, inutile de vous le dire. Elle n'avait même pas laissé un mot.

— Vous en êtes sûre ?

— Quand je suis arrivé, ils étaient en train de déménager les meubles. C'était la société Cox de York Street qui s'occupait de ça. Les portes étaient ouvertes et je suis monté. J'ai demandé à Len Cox où elle était, car je ne pouvais pas attendre. On a toujours beaucoup de travail le samedi. « Partie, m'a-t-il répondu. Nous étions ici à 7 heures et la clef était sur la porte, alors nous sommes montés. Tout était déjà empaqueté et prêt à partir. » « Vous ne pouvez pas prendre les meubles sans qu'elle soit là », je lui ai dit, mais Len était très pressé. « Tout ça part pour l'entrepôt », il m'a dit, et elle l'avait payé quand il lui avait donné le devis. « Je n'aime pas quand ces satanées bonnes femmes traînent dans mes pattes », a-t-il ajouté. Excusez-moi, Mrs Fielding, mais je répète simplement ses paroles. Moi, je n'avais pas envie de rire, je vous assure. J'avais refusé deux courses pour lui rendre service, dont une qui m'aurait rapporté dix biftons. Et puis c'est pas tout. Elle me devait aussi de l'argent pour la location de la camionnette la veille, quand j'ai apporté ses affaires chez les Feast.

— Je vais vous régler ça tout de suite, Mr Snow.

Elle sortit son carnet de chèques et commença à écrire, surprise de constater que sa main ne tremblait plus.

— Je pense que Mrs Drage a eu un empêchement et qu'elle a complètement oublié par la suite qu'elle vous avait réservé une voiture.

— C'est sûrement ce qui a dû arriver, oui. Je ne crois pas qu'elle l'ait fait exprès.

Alice lui tendit le chèque.

— C'est bizarre comme les gens peuvent être parfois tête en l'air, hein ? Surtout qu'elle m'en avait parlé pendant l'après-midi. Elle m'a même téléphoné à 5 heures pour savoir si je n'avais pas oublié ! J'étais plutôt furax, Mrs Fielding, je peux vous le dire.

— Je vous comprends, dit Alice d'une voix faible.

L'incident de la voiture était un fait nouveau et inattendu. Bien sûr, il était possible que Nesta ait oublié. Sa dépression nerveuse pouvait tout expliquer. Mais Alice n'en était pas convaincue. Peut-être devenait-elle tête en l'air, elle aussi, car elle se rendit compte en traversant la rue qu'elle avait complètement oublié le véritable but de sa visite à Mr Snow.

Elle s'arrêta un instant sous l'auvent d'un magasin et sortit son agenda de son sac. *Samedi 8 août. Nesta s'en va aujourd'hui. Il pleut à verse.* Il pleut à verse. Elle remonta dans le temps jusqu'à ce matin d'été. Le vendredi 7 août avait été le dernier jour de la vague de chaleur. Elle s'était levée très tôt. Elle avait été réveillée par la pluie et en tirant les rideaux elle avait dit à Andrew sans se retourner : « Il pleut des cordes. Le jardin est presque inondé. Il doit pleuvoir comme ça depuis des heures. »

Comment pouvait-elle être sûre que c'était le samedi matin ?...

Parce que Andrew lui avait répondu : « Les meubles de Nesta vont être tout mouillés. »

Si le jardin était inondé à 8 heures, c'est qu'il devait pleuvoir depuis des heures. Le chemin était long cntre Helicon Lane et la gare. Nesta ne l'aurait pas fait à pied. Et pourtant, elle n'était plus chez elle quand Cox était arrivé à 7 heures.

Alice se mit à redescendre la Grand-Rue à pas lents. Elle essayait de reconstituer l'emploi du temps de Nesta la veille de son départ. En milieu d'après-midi, Mr Snow avait apporté des affaires à elle chez les Feast, et, à 5 heures, Nesta lui avait téléphoné pour lui rappeler le rendez-vous du lendemain matin. Elle avait dû passer son après-midi à nettoyer l'appartement et à préparer les meubles pour Cox. Puis juste après ce coup de fil, elle était sortie pour faire sa tournée d'adieux. Mr et Mrs Graham au *Bodicea,* Harry probablement — il avait été son médecin —, Hugo et Jackie, puis Oncle Justin, et, pour terminer, *Vair House* où elle avait dîné avec eux.

Elle lui avait semblé très lasse, ce soir-là, et plus déprimée que jamais. La soirée était douce et elle n'avait pas mis de manteau sur sa robe plissée noire. Ses chevilles, se souvint Alice, étaient complètement enflées et disproportionnées par rapport à ses petits vernis noirs. Elle était montée pour dire au revoir à Pernille, puis elle était redescendue partager le soufflé au fromage avec eux. Il devait être 8 heures passées quand Andrew l'avait reconduite chez elle.

— Pourquoi ne restes-tu pas dormir ici ? avait proposé Alice en voyant que Nesta, les larmes aux yeux, tenait sa main crispée dans la sienne.

— Il est trop tard pour que je change mes projets maintenant. J'avais prévu de dormir chez les Feast.

C'était cette nuit-là qu'ils avaient déménagé les tombes. La très grande discrétion avec laquelle ce travail avait été effectué avait dû ajouter à l'atmosphère macabre. De sa chambre, Nesta aurait vu les bâches tendues autour du cimetière et elle aurait entendu le bruit des pioches. Mais, le pire de tout, c'était qu'aux premières lueurs de l'aurore, les cercueils avaient été laissés sans surveillance jusqu'à l'arrivée des camionnettes. Bien sûr, elle n'était pas allée chez les Feast. Était-il possible qu'elle ait pu oublier d'aller chez eux comme elle avait oublié le rendez-vous avec Mr Snow, malgré le coup de fil qu'elle avait dû lui donner d'une cabine téléphonique ? Son propre téléphone, d'après Daphné, avait été coupé.

« J'avais prévu de dormir chez les Feast », avait dit Nesta en s'approchant d'elle pour l'embrasser. Alice avait remarqué que ses cheveux sentaient bon le jardin en été... Puis elle avait descendu l'allée d'un pas nonchalant, suivie par Andrew.

Mr Feast empilait des cartons de marchandise contre un mur tapissé de carreaux de faïence verts et blancs, comme la station de métro de Covent Garden. Dans son tablier d'épicier, il avait l'air plus maigre que jamais. Pour la première fois, en voyant son front bombé et ses joues creuses, elle lui trouva une ressemblance avec Abraham Lincoln. La même flamme combative brûlait dans son regard.

— Pourrais-je m'entretenir un instant avec Daphné, Mr Feast ?

— Si c'est pour parler de la faim dans le monde, dit-il en jetant un coup d'œil presque honteux à sa caverne d'Ali Baba, l'endroit ne me paraît pas idéal, si vous voyez ce que je veux dire.

— Non, ce n'est pas pour ça. J'ai quelque chose de personnel à lui dire.

— J'espère que vous avez apprécié mes yaourts. Nous avons dû changer de marque. Mais ils sont aussi très bons.

— Oh oui ! Ils sont délicieux ! (Dire qu'il y a à peine quelques jours, la seule nourriture qu'elle pouvait supporter était ces pots de lait fermenté emballés sous du carton blanc et vert.) Si je pouvais juste...

— Par ici, alors.

Il ouvrit la porte derrière lui et cria d'une voix plus forte qu'il était nécessaire :

— Daph ! Mrs Fielding voudrait te parler. Vous pouvez monter, Mrs Fielding. Vous nous excuserez pour le désordre... (Alice murmura une phrase de politesse et lui sourit.) Voulez-vous prendre des yaourts, aujourd'hui ?... Parfait... Je vous en mettrai dans votre sac quand vous redescendrez. Mangez léger et vous vivrez longtemps, c'est ce que je dis toujours.

Sa voix froide et mécanique, au débit infernal, la poursuivit jusqu'en haut de l'escalier :

— Quand on voit que tant de gens meurent de faim alors que d'autres, dénués de tout sentiment humain...

— Et voilà, il est reparti comme en quarante..., commenta Daphné en apparaissant sur le pas de la porte.

— Votre père me fait passer pour une sainte parce que je ne suis pas allée au déjeuner officiel.

— Vous voulez grignoter quelque chose avec moi ?

Alice secoua la tête. La vision du pâté de porc à moitié entamé lui souleva le cœur.

— Vous m'aviez dit que Nesta avait laissé des affaires chez vous... Je me demandais... Daphné, pourriez-vous me les montrer ? J'aimerais savoir ce qu'il y a dans ces valises...

— Ce ne sont pas des valises. C'est une espèce

de grosse boîte. En fait, Papa l'a mise dans sa chambre. Il s'en sert comme table de nuit.

La chambre de Mr Feast était une longue cellule étroite donnant sur la Grand-Rue. Alice regarda par la fenêtre. La rue était calme et la circulation inexistante. Bien sûr ! C'était ça ! La rocade était ouverte. Le plan fonctionnait comme prévu.

— La voilà, dit Daphné.

Alice se retourna. Elle ne vit qu'un divan à une place jouxtant une table recouverte d'une nappe sur laquelle on avait posé des magazines — La *Chine d'Aujourd'hui, Le Journal de la Paix, Le journal de l'Association des Nations Unies* —, des boîtes de médicaments, un réveille-matin et une lampe de chevet.

Alice avait à peine fait un pas qu'elle se rejeta violemment en arrière. Quelque part derrière elle, une sirène s'était mise à hurler. Le bruit strident résonna de plus en plus fort dans ses oreilles. Daphné jeta un coup d'œil par la fenêtre et haussa les épaules.

— Ce n'est rien. C'est juste une ambulance. Sûrement un fou du volant qui a voulu faire le malin sur l'autoroute.

Juste une ambulance... Mais pourquoi la sirène avait-elle rugi dans ses oreilles comme un avertissement ? Va-t'en ! Ne regarde pas ! Elle vit la longue voiture blanche prendre un virage sur la rocade, son gyrophare clignotant au loin. Alice s'était bouché les oreilles. Elle enleva ses mains en frissonnant légèrement, puis s'intéressa de nouveau à la table.

— Mais c'est une malle ! s'exclama-t-elle. Une énorme malle.

— Je vous avais prévenue qu'elle avait laissé beaucoup d'affaires.

C'était une vieille malle en bois dont la peinture verte s'écaillait sur les côtés. Alice distingua la forme d'un énorme cadenas caché sous un coin de la nappe.

— C'est fermé ?

— Je ne sais pas. (Daphné tira d'un coup sec sur le cadenas.) Oups ! Je n'arrive pas à l'ouvrir.

— On ne devrait peut-être pas... Enfin, ce n'est pas à nous...

Tandis qu'elle hésitait, toutes les choses qui l'avaient intriguée lui revinrent en mémoire : les lettres qu'elle n'avait pas reçues et auxquelles on avait répondu ; l'hôtel *Endymion* ; l'homme qui se faisait appeler Mr Drage ; la voiture qu'elle avait réservée avec tant d'insistance et qu'elle avait fait venir pour rien...

— Je suppose qu'elle n'a pas besoin de tout ça, dit Daphné avec empressement, sinon elle ne l'aurait pas laissé ici. (Ses yeux brillaient de curiosité.) Je me demande bien ce qu'il y a dedans. (Elle remonta les manches de son pull en mohair qui ressemblait moins à un vêtement qu'à une extension de sa chevelure crêpée.) Oh, dites donc, qu'est-ce que c'est lourd !

Elle avait soulevé la malle par les deux poignées en cuir et l'avait laissé retomber en soufflant. Le tapis près du lit avait assourdi le choc contre le plancher.

— On pourrait appeler un serrurier, ou aller chercher votre père.

— P'pa ne peut quitter la boutique que si je le remplace. (Ce que Daphné ne semblait pas vouloir faire pour tout l'or du monde.) Mais je peux toujours essayer...

— Vous ?

À Vair Place, quand il fallait bricoler quelque

chose, ils s'adressaient au jardinier ou au chauffeur de l'Oncle Justin. Si la chose était trop compliquée, ils faisaient alors appel à une personne qualifiée de Salstead. Personne, encore moins une femme, ne viendrait à bout de ce cadenas.

— Ce qu'il nous faut, dit Daphné, c'est un tournevis.

Alice s'assit sur le lit et la regarda fouiller dans une boîte à outils. Le regard de Daphné la troublait. Ses yeux de fouine, sans cesse en mouvement, lançaient des éclairs, filtrés par de grands cils mouillés.

— Mais qu'est-ce qui a bien pu lui arriver ? (La première des trois vis venait de sauter. Alice haussa les épaules.) Elle a disparu, c'est ça, hein ? (Le tournevis tournait lentement.)... Peut-être que.. (Daphné s'arrêta et la regarda fixement.) Vous ne pensez pas qu'elle est là-dedans... ? Enfin... coupée en morceaux comme dans les films d'horreur ?

— Bien sûr que non, répondit Alice, agacée. Ne soyez pas stupide !

Elle se sentait maintenant barbouillée. L'appartement des Feast sentait le lait caillé.

— Et voilà ! dit Daphné. (Le moraillon dévissé pendait contre le couvercle en bois.) S'il y a quelque chose d'horrible, je vous préviens que je vais sûrement vomir. (Deux plaques rouges apparurent sur son visage au niveau des pommettes.) Vous aussi, vous avez l'air patraque.

Alice respirait de plus en plus vite et ses mains tremblaient. Mais où Daphné allait-elle chercher des idées aussi morbides ? Il ne pouvait rien y avoir d'« horrible » dans cette malle puisque Nesta était en vie quand elle l'avait envoyée chez les Feast.

Daphné retint son souffle et souleva le couvercle sans plus attendre.

8

Alice poussa un soupir de soulagement et avala sa salive pour chasser ce goût amer dans la bouche. Un petit rire nerveux lui échappa. La malle était pleine de vêtements.

Il y avait sur le dessus une robe de chambre noire qui cachait tout un lot de sous-vêtements. Daphné en prit une pleine brassée qu'elle jeta sur le lit. Dessous, il y avait des robes, des jupes, des pantalons écossais, un tailleur pied-de-poule noir et blanc et quatre manteaux.

— Ce sont tous ses vêtements, dit Alice. Mais ce n'est pas possible... !

Daphné avait la tête enfouie dans la malle.

— Vous avez vu toutes ces paires de chaussure ? dit-elle en émergeant, les bras chargés de chaussures enveloppées dans des sacs en tissu.

— Regardez, Mrs Fielding, elles sont toutes là... Toutes, sauf sa vieille paire de vernis noirs.

— Elle les portait le soir où elle est venue chez nous. Je les avais remarqués à cause des hauts talons et aussi parce que ses chevilles étaient enflées.

Daphné replongea dans la malle pour en sortir une mallette en cuir noir avec les initiales N. D.

gravées dessus. Avant qu'Alice ait pu l'en empêcher, Daphné avait soulevé le couvercle, libérant une délicieuse odeur de poudre qui vint chatouiller les narines d'Alice. Ensemble, elles recensèrent tout un choix de bouteilles et de flacons, les lotions, les crèmes, les fards à paupières verts et bleus, la laque pour les cheveux, les pinceaux à lèvres, le rimmel...

— C'est ce qu'on appelle un *vanity case* bien fourni.

— C'est drôle qu'elle ait laissé tout ça ! Ses plus belles chaussures et tous ses manteaux ! Vous trouvez ça normal qu'elle n'ait même pas emporté son manteau d'été ? Regardez, c'est ce truc blanc, là.

— Que portait-elle comme manteau, ce samedi-là ?

— Elle ne portait pas de manteau, Mrs Fielding, puisqu'ils sont tous là. Je connais la garde-robe de Nesta par cœur. On s'échangeait souvent nos vêtements.

— Alors qu'est-ce... Daphné, qu'est-ce qu'elle a bien pu prendre avec elle ?

— Si vous voulez mon avis, rien... Sauf ce qu'elle avait sur elle. Il manque sa petite robe noire. Je suppose qu'elle l'avait sur elle ce vendredi-là ? (Alice confirma d'un signe de tête.) Ce que je ne comprends pas, c'est pourquoi elle a laissé ses plus belles affaires. Elle avait économisé pour s'acheter ce tailleur à carreaux. Il lui avait coûté 40 livres.

— Mais alors, pourquoi vous a-t-elle envoyé tout ça ?

— C'est simple. Je vous ai dit qu'on s'échangeait souvent nos vêtements. Je suppose qu'elle voulait faire un dernier tri. Vous avez remarqué comme elle adorait le noir ?

— Enfin, Daphné ! Elle était en deuil.

— Mon œil, oui ! Elle m'a dit qu'elle ne s'était jamais trouvée aussi jolie que le jour de l'enterrement de son mari, et qu'elle avait décidé depuis de ne porter que du noir... Sans vouloir vous vexer, vous êtes un peu naïve, Mrs Fielding. Bon, comme je vous ai dit, elle voulait qu'on fasse un dernier tri. J'avais une petite robe noire en Lurex qu'elle lorgnait depuis un bon bout de temps, mais, comme elle n'est pas venue, j'ai pensé qu'elle avait changé d'avis.

— Mais que peut-elle bien porter, maintenant ? Elle n'a quand même pas pu vivre pendant trois mois avec juste une robe en coton et une paire de chaussures !

Vivre ? Il fallait des vêtements pour vivre décemment, et, si vous étiez Nesta, il fallait surtout le précieux *vanity case* d'où émanait un parfum de musc, de lilas et... de vanité. Elle referma brusquement le couvercle et se dit que lorsqu'on mourait, on avait seulement besoin d'un linceul, un linceul gris et fin.

— À moins qu'elle ne se soit trouvé un homme riche qui lui aura offert une nouvelle garde-robe, hasarda Daphné.

« Dans ce cas », se dit Alice, fataliste, « elle aurait tout donné à Daphné et elle n'aurait certainement pas fait des pieds et des mains pour obtenir cette malheureuse robe en Lurex. »

— C'est dans un sale état, ce qu'elle porte en dessous, vous ne trouvez pas ? dit Daphné en fourrageant dans les sous-vêtements.

Alice avait déjà remarqué combien la lingerie de Nesta était abîmée : dentelles reprisées à la va-vite, quelques-unes carrément trouées, bretelles décousues, élastiques détendus, couleurs passées.

— Étonnant pour quelqu'un qui aimait autant

parader, non ? Heureusement qu'elle n'est pas devenue ma belledoche, même si, au début, je trouvais cette idée plutôt marrante.

— Votre belle-mère ? demanda Alice, stupéfaite.

Elle avait toujours cru jusqu'à maintenant que Mr Feast appartenait à une autre génération que la sienne, mais elle réalisait aujourd'hui, non sans un certain désarroi, qu'il avait à peine dix ans de plus qu'elle.

— Mais je ne savais pas...

— Personne ne savait. Nous avions rencontré Nesta à la Chambre de commerce. P'pa avait pris l'habitude de la reconduire chez elle après les réunions. Il avait le béguin pour elle mais ça n'a pas marché. Je ne crois pas au mariage quand il y a une trop grande différence d'âge.

Se rendant compte tout à coup qu'elle était assise sur les dessous de Nesta, Alice se mit à rougir et baissa la tête pour que Daphné ne le remarque pas.

— Ça n'a pas gâché nos relations, vous savez. À mon avis, elle visait bien plus haut que P'pa. Et figurez-vous qu'il l'a bien senti. C'est drôle d'être aussi jaloux à son âge !... À votre avis, Mrs Fielding, qu'est-ce que je pourrais bien faire de toutes ces affaires ?

Elle jeta un regard rempli de convoitise sur le tailleur et le manteau de laine.

— Gardez-les ! Qu'est-ce que vous voulez que j'en fasse ?

Daphné avait dû mal comprendre. Elle enfila le manteau aussi sec.

— Non, ce n'est pas..., commença Alice, horrifiée.

Elle se tut et se leva brusquement. Une pile de soutiens-gorge et de jupons tomba par terre.

Mr Feast se tenait dans l'embrasure de la porte, le visage déformé par la colère.

— Vous trouvez que ça me va bien ? demanda Daphné.

Elle esquissa une pirouette maladroite et sursauta en voyant son père.

— Qu'est-ce que c'est que ce bordel ?

Alice se dit qu'il devait être vraiment furieux pour employer ce genre de vocabulaire.

— Qu'est-ce que tu fais avec ma table de nuit ?

— Ce n'est pas ta table de nuit, P'pa ! C'est la malle de Nesta. Nous l'avons ouverte et elle était pleine de fringues.

Il tomba à genoux au milieu des vêtements et commença à les entasser frénétiquement dans la malle.

— Tu n'as vraiment aucun respect pour le bien d'autrui, hurla-t-il. Quelqu'un nous avait confié cette malle et nous en étions responsables. C'est pour ça que nous vivons dans un monde comme le nôtre. Avec tous ces gros pontes qui piétinent les petites gens...

Glacée d'effroi, Alice recula d'un pas.

— Hitler et tous les autres..., continua-t-il de plus en plus hystérique. (Son visage était devenu cramoisi et ses veines saillaient sur ses tempes et sur son cou.)... qui salissent de leurs mains ce qui ne leur appartient pas.

Daphné laissa retomber le manteau d'un air boudeur. Son père le saisit au vol et le pressa contre sa maigre poitrine.

— Tu n'as donc aucune moralité ? Tu n'es qu'une sale petite fasciste.

Il jeta le manteau dans la malle, rabattit le couvercle et replaça la nappe et les magazines.

— Tu voles ses vêtements, tu te déguises... Si nous vivions dans une véritable démocratie, crois-moi que...

— Je t'en supplie, calme-toi, dit Daphné d'une voix sourde. Que va penser Mrs Fielding ?

— Mrs Fielding ?

On aurait dit qu'il la voyait pour la première fois.

— Allons, viens. Tu sais que tu dois être au magasin d'Orphingham à 3 heures et demie.

Le nom pénétra le cerveau embrumé d'Alice comme une flèche enflammée. Elle perdit l'équilibre, voulut se rattraper, mais ses mains battirent l'air en vain. Le sol se déroba sous elle et un voile d'obscurité et de silence tomba devant ses yeux et sur sa conscience.

La voix de Daphné, joyeuse et excitée, s'éleva dans la pièce :

— Regarde, on dirait qu'elle va s'évanouir.

Ce furent les derniers mots qu'elle entendit.

Assis dans un coin de la pièce en désordre, les enfants piochaient des Smarties dans un long tube coloré. Au-dessus de la cheminée, la gigantesque toile abstraite penchait bizarrement sur le côté. C'était peut-être un effet d'optique. La clarté qui régnait dans ce lieu familier lui fit mal aux yeux. Elle distingua les chaises jaunes et rouges, les plantes vertes en plastique, les jouets éparpillés sur le sol et le bout de pâte à modeler écrasé sur le tapis.

— Jackie ?

— Tout va bien. Mr Feast a téléphoné et je t'ai amenée ici parce que c'était tout près.

— Où est Andrew ?

— Au travail, bien sûr. Quoi d'autre ? Ah oui, j'ai voulu lui téléphoner mais tu as marmonné qu'il ne fallait surtout pas le déranger.

— Oui, oui, je sais. Je me le rappelle, maintenant. J'ai simplement pensé que... (Sa voix s'affaiblit. Elle essaya de sourire à Christopher qui l'observait d'un air timide. Elle avait trop chaud et elle se sentait serrée dans sa robe froissée. Elle eut soudain une envie folle de voir Andrew et ses yeux se mouillèrent de larmes.) Cet horrible bonhomme, Feast. Il s'est mis dans une rage terrible, Jackie, tout ça parce que nous avons ouvert la malle de Nesta. Je n'arrive pas à m'enlever son visage de l'esprit, avec ses yeux qui ressortaient et cette grosse boule qu'il a au cou.

— C'est la thyroïde, dit Jackie avec calme. (Mark secouait son tube de Smarties, indifférent à la scène.) Il a une glande thyroïde hyper-active. C'est pour ça qu'il est si maigre et qu'il s'emporte pour un rien. Je sais que je n'ai été infirmière qu'un an, mais je me rappelle quand même certains trucs. Si tu as une glande thyroïde trop active, tu deviens comme Mr Feast. Si elle est trop petite — on appelle ça le myxœdème —, tu deviens grosse et apathique.

— Il a dit qu'il allait à Orphingham, dit Alice. Tu savais qu'ils avaient un autre magasin là-bas ? Moi pas. Ça veut dire qu'il connaît très bien la ville. Oh, Jackie...

Elle s'arrêta et regarda les enfants.

— Va chercher un verre d'eau pour tante Alice, dit Jackie vivement à son fils aîné.

— Jackie, je crois que Nesta est morte. Non, ce n'est pas que je le crois. C'est que je sais qu'elle est morte. J'en suis sûre et certaine. Une femme ne s'en va pas de chez elle en pleine nuit avec une petite robe en coton pour tout vêtement. C'était une vieille robe, Jackie, et Nesta était tellement fière. Quelle que soit la situation financière dans laquelle elle se trouvait, elle n'aurait jamais pris un nouveau départ dans la vie habillée comme ça, alors qu'elle venait de s'acheter un tailleur. En plus, il pleuvait des cordes. Je ne pense pas qu'elle ait jamais quitté « Le Bouquet de la mariée ».

— Mais les lettres, Alice.

— Ce n'est pas elle qui les a écrites. Premièrement, elles étaient dactylographiées. Je n'y avais jamais pensé avant, mais je crois que Nesta ne savait pas taper. D'accord, elle les a signées, mais c'est facile d'imiter la signature de son prénom si on a déjà reçu une lettre d'elle.

— Mais alors, ça veut dire...

Jackie hésita et se composa absurdement un visage radieux pour accueillir Mark qui apportait un gobelet d'enfant rempli d'eau.

— Merci, mon chéri. Maintenant, vous pouvez aller dans la salle de jeu pour... pour jouer.

Alice aurait éclaté de rire si elle n'avait pas été si angoissée.

— Tenez... (Alice fouilla dans son sac et les visages renfrognés des enfants s'illuminèrent à la vue de la pièce de cinquante pence.) Allez vous acheter quelque chose.

— Et faites attention en traversant la route.

Dès qu'ils eurent franchi le seuil de la porte, les deux femmes se jetèrent des coups d'œil surpris et consternés comme si elles venaient de réaliser la gravité de la situation. C'était impossible. De telles choses ne pouvaient pas arriver dans un monde rempli de gobelets d'enfant, de tableaux abstraits et de boîtes de Smarties vides.

— Suicide ? suggéra Jackie.

— On aurait retrouvé son corps, Jackie. Et puis si elle s'est tuée, pourquoi toutes ces lettres ?

— Tu veux dire que *quelqu'un* l'a tuée ?

Alice but une gorgée d'eau et concentra son regard sur le dessin de Tom et Jerry qui ornait le verre en plastique.

— Daphné m'a dit que son père avait été amoureux de Nesta. Il était jaloux d'elle. Et s'il était jaloux, c'est qu'elle devait avoir des amants. J'ai l'impression qu'elle passait son temps à courir après les hommes. (Sa voix prit des intonations plus violentes.) Moi, je trouve ça dégoûtant. J'ai horreur de ce genre de femme, mais je sais maintenant que Nesta était comme ça. J'ai découvert des choses tellement horribles à son sujet.

— Quel genre de choses ? demanda Jackie dans un souffle.

Elle n'arrêtait pas de jeter des regards inquiets vers la porte du salon.

— Elle était bien habillée, mais ses dessous étaient très mal tenus. Elle souffrait aussi d'alopécie, pourtant on ne l'aurait pas cru en voyant ses cheveux. Toi qui insistais toujours pour que je me coiffe comme elle...

— Ne me dis pas que tu ne savais pas ? Le chignon qu'elle portait, ce n'était pas un vrai, c'était un postiche. On peut trouver le même chez *Boots*.

Alice ne répondit pas. Elle se demandait pourquoi elle avait toujours trouvé Nesta jolie. La beauté, ça ne reposait pas sur une perruque, des sourcils épilés puis redessinés, une peau dont les pores étaient bouchés par une épaisse couche de maquillage. Était-ce seulement parce que Nesta recherchait désespérément la beauté et qu'elle semblait si fière de son apparence — cette fierté avait pourtant quelquefois montré ses limites —, qu'Alice avait fini par y croire, elle aussi ? En se surestimant elle-même, Nesta avait incité les autres à la surestimer.

— Alice... (Jackie chercha son paquet de cigarettes qu'elle trouva sur une étagère parmi les soldats en plastique et les cartes à jouer.) Qu'a-t-il pu lui arriver ?

— Elle ne voulait dire à personne où elle allait, dit Alice en pesant ses mots. Je n'avais pas trouvé ça bizarre à l'époque, mais, maintenant, oui. Ça devait être parce qu'elle s'en allait avec un homme. Je suis sûre que quelqu'un l'a tuée par jalousie.

Tandis qu'elle cherchait ses mots, son regard tomba sur une photographie d'Hugo exposée sur le buffet. *Elle m'a même fait du gringue,* avait-il dit, mais supposons que cela ait été le contraire ? Oh ! c'était absurde, stupide !... Son propre frère ? Les gens mentaient toujours quand ils parlaient de leur sexualité. Elle avait lu ça quelque part et cela l'avait marquée. Peut-être qu'elle avait été choquée parce que c'était vrai.

— Jackie, dit-elle fermement, raconte-moi exactement ce qui s'est passé quand elle est venue vous dire au revoir.

— Je ne m'en souviens plus très bien, dit Jackie en fronçant les sourcils. J'étais montée coucher les gosses et elle était restée en bas avec Hugo.

Alice avala un peu d'eau. Avaient-ils décidé de s'enfuir tous les deux ? Hugo paraissait souvent exaspéré par sa femme et ses enfants. Son travail l'envoyait souvent à Orphingham. Elle se souvint qu'il avait refusé de retourner à la poste.

— Elle avait l'air bouleversé quand elle m'a dit au revoir, continua Jackie. Elle m'a embrassée

— c'est drôle, car nous ne nous connaissions pas très bien —, et puis elle est partie en courant.

Avec son physique à la garçonne et son caractère simple et direct, Jackie était tout le contraire de Nesta.

— Je ne comprends pas pourquoi elle était dans cet état.

— Peut-être savait-elle que nous allions être déçus en apprenant ce qu'elle a fait.

Jackie haussa les épaules.

— Elle est ensuite passée chez Oncle Justin avant d'aller chez vous.

— Moi, je l'ai trouvée calme lorsqu'elle est arrivée à la maison. Pendant que je préparais le dîner, elle est montée voir Pernille avec Andrew. Elle est redescendue avant lui et j'ai remarqué qu'elle se tenait à la rampe. Je lui ai demandé si elle allait bien et elle m'a dit qu'elle avait pris deux aspirines. Je savais qu'elle était retournée consulter Harry pour sa dépression et qu'il n'avait rien voulu lui prescrire. D'après lui, tout était dans sa tête, ou quelque chose comme ça. Elle a glissé une petite bouteille marron dans son sac mais je n'y ai pas fait attention. J'ai pensé que c'était de l'aspirine.

Jackie s'emballa tout à coup comme si elle était sur le point de faire une découverte.

— Je me demande si ce n'étaient pas des tranquillisants plutôt que de l'aspirine.

— Harry lui avait déjà donné des tranquillisants — du moins, c'est ce qu'elle m'a dit —, mais cela ne lui avait fait aucun bien et elle n'avait pas voulu continuer.

— Quelqu'un d'autre aurait pu très bien lui en donner. Les gens sont tellement stupides, quelquefois, Alice. Je m'en suis rendu compte quand j'étais infirmière. Ils ne feront pas confiance à leur médecin, mais ils prendront n'importe quel truc conseillé par leur voisin. Ils ne savent pas que les médicaments n'ont pas les mêmes effets sur tout le monde. Je me souviens, par exemple, que Maman prenait des cachets quand elle est venue chez nous pendant l'été. Elle était terriblement déprimée depuis la mort de Papa. Elle avait oublié le flacon quand elle est partie. Eh bien, tu ne me croiras peut-être pas, mais Hugo a voulu en prendre deux, un jour, tout ça parce qu'il avait eu un problème au travail. Je l'en ai empêché juste à temps. D'abord, il ne faut surtout pas manger de fromage quand on prend ce médicament...

— Du fromage ? Jackie, es-tu bien sûre de ce que tu dis ?

— Je sais que ça paraît bizarre, mais c'est la vérité. C'est un médicament très connu. Beaucoup de gens l'achètent. Je ne me rappelle plus son nom, mais je sais qu'il fait monter la tension artérielle, comme le fromage.

— Mais nous avons mangé un soufflé au fromage, ce soir-là ! s'écria Alice. Nesta avait meilleur appétit, d'habitude. Elle n'en a pas beaucoup mangé. Il faut dire qu'il n'était pas très bon et j'avais un peu honte. Après le repas, elle s'est allongée sur le divan et elle a posé sa main sur son cœur. Elle m'a dit qu'elle avait l'impression qu'il battait trop vite.

— Tachycardie.

— Quoi ?

— C'est quand le cœur bat trop vite. Et ensuite ?

— Ensuite, ça s'est calmé. Je lui ai encore demandé où elle comptait aller, mais elle m'a simplement parlé de vacances, de « contrées lointaines et de nouveaux pâturages ». Je me rappelle ça parce que Harry m'a dit par la suite qu'elle s'était trompée dans la citation et qu'il fallait dire « des terres lointaines ». Pour finir, il l'a raccompagnée chez elle. Elle ne marchait pas très droit en descendant l'allée.

Alice ne savait pas trop comment formuler sa question mais elle était trop préoccupée pour prendre des gants.

— Où as-tu mis les cachets de ta mère, Jackie ?

— Je ne sais pas, répondit-elle d'un air désinvolte. J'ai dû les mettre à la poubelle. De toute façon, je ne les ai plus. En fait, je crois que c'est Hugo qui les a jetés. Tu connais la manie qu'a ta famille de tout ranger. Mais tu sais, Alice, je ne peux pas t'assurer qu'elle ait pris ce médicament précisément. J'essayais simplement de retrouver son nom. C'était une simple suggestion.

Alice s'efforça d'arrondir les angles.

— Je suppose que n'importe qui à Salstead peut se faire prescrire ce médicament. Il y a tant de gens névrosés, de nos jours.

Elle se tut un instant pour réfléchir.

— Mr Feast est terriblement nerveux et irascible, tu ne trouves pas ? (« Si seulement je pouvais demander à Harry », se dit-elle, mais elle se rappela qu'il était très à cheval sur le secret professionnel.) Non, Jackie, ça ne tient pas debout. Personne ne pouvait savoir que Nesta allait manger du fromage chez moi.

Jackie alluma une autre cigarette. Le briquet qu'elle prit sur la table avait la forme ridicule d'une théière. À la lumière de la flamme, le visage de Jackie avait l'air fatigué et tendu. Ne fumait-elle pas plus que d'habitude, enchaînant cigarette sur cigarette ?

— Une chose est sûre, c'est que la plupart des gens mangent du fromage à la fin d'un repas..., dit-elle doucement. Mon Dieu ! Alice, mais j'y pense, c'était *vendredi*. Nesta venait souvent à la dégustation de fromages. Elle disait à tout le monde que ça l'aidait à perdre du poids. On a pu lui donner les cachets le matin, et elle ne les a peut-être pris que plus tard dans la journée.

C'était malheureusement vrai, mais il était rassurant de penser que des trois hommes dont les noms étaient associés à celui de Nesta, seul Mr Feast aurait pu être succeptible de l'avoir rencontrée ce matin-là. Mr Feast était jaloux de Nesta, c'était sa propre fille qui l'avait dit. Il possédait un magasin à Orphingham et, en tant que commerçant, il devait connaître la ville comme sa poche. De plus, il était absurde de penser que des gens aussi normaux et sans histoires que Hugo et Oncle Justin puissent se transformer en dangereux psychopathes. Par contre, si l'hypothèse de Jackie se révélait exacte, Mr Feast était un homme déséquilibré dont la maladie ne faisait qu'accentuer la nature agressive.

— Alors, Nesta a été empoisonnée, dit-elle.

Empoisonnée ? Le mot lui était venu naturellement. Elle avait voulu dire « droguée », bien sûr. C'était elle et non pas Nesta qui avait ressenti ces affreuses brûlures d'estomac, ces violentes nausées, comme si tout son être essayait constamment de rejeter un objet étranger.

Les enfants réapparurent, les bras chargés de paquets de chips.

— C'est au fromage et aux oignons, dit Mark joyeusement en brandissant un paquet sous le nez d'Alice. Tu peux en prendre, si tu veux.

L'odeur de graisse, et surtout d'oignon, était si

écœurante qu'elle eut un geste de répulsion. Le petit garçon la regarda fixement. Puis sur un regard autoritaire de sa mère, il éloigna le paquet et resta planté sur une jambe. Alice comprit qu'il ressentait la tension entre les deux adultes. Le silence qui régnait dans la pièce était presque palpable, et on pouvait déceler une sorte de vibration dans l'air.

Mark ressemblait autant à son père qu'à son grand-oncle. On aurait dit que Jackie s'était contentée de contribuer à l'extension de la famille Whittaker, sans que ses gènes aient eu la moindre influence sur l'apparence de son fils. Parce qu'elle eut tout à coup honte de ses soupçons et qu'elle sentit qu'elle allait se mettre à hurler si personne ne bougeait, elle se précipita sur l'enfant et le prit dans ses bras. C'était une façon de se faire pardonner, mais Mark ne voulut rien savoir. Il se débattit et la repoussa brusquement. Cette réaction lui fit l'effet d'un coup de poignard. À travers elle, c'était tout le mépris et le rejet de sa famille qu'elle ressentait.

— Pourquoi tante Alice est malade ? demanda Mark.

— Je ne sais pas, dit Jackie abruptement. Les gens sont parfois malades, tu le sais bien.

— Papy aussi a été malade et il est mort.

Alice voulut couvrir le petit gloussement gêné de Jackie par un rire franc et rassurant. Elle sentit que ses lèvres étaient aussi froides et dures que des silex.

— Je ferais mieux de te ramener chez toi, maintenant.

Andrew déposa soigneusement la pile de livres sur la table de nuit.

— Tu es sûre que tu veux lire tout ça ? À mon avis, tu vas trouver ces livres rébarbatifs.

— Tu les lis bien, toi.

— C'est vrai...

Il eut un sourire lointain. Ne voyait-il pas qu'elle essayait de créer un nouveau lien entre eux deux ?

— Est-ce que toutes les œuvres politiques de la collection Trollope sont là, Andrew ?

— Non, pas toutes. J'en ai gardé deux avec moi en bas.

En bas. Cela voulait dire qu'il n'allait pas rester avec elle. Mais il ne fallait surtout pas qu'elle montre sa déception. Un lecteur acharné comme Andrew avait besoin de sa dose de lecture comme d'autres avaient besoin de leur dose de drogue. De drogue... Elle frissonna. Elle avait du mal à comprendre qu'il préférât lire et relire les mêmes livres plutôt que de tenir compagnie à sa femme.

— Quels sont ceux qui manquent ? demanda-t-elle d'un ton enjoué.

— Ce sont les deux volumes de *Phinéas Finn*. Mais il te faudra des jours et des jours avant d'en arriver là.

— Mais je ne compte pas rester au lit pendant des jours et des jours, Andrew. Demain, je me lève pour aller à la police. Non, ne dis rien ! J'ai pris une décision. Je dois faire quelque chose au sujet de Nesta.

Il prit un air exaspéré qui lui contracta la bouche.

— Oh, Bell ! Qu'est-ce que tu vas leur dire ? Tu ne comprends donc pas que tu ne peux rien prouver sans ces lettres ? Nesta a simplement essayé de te faire croire qu'elle était à Orphingham alors qu'elle était à Londres...

Elle secoua la tête et voulut lui prendre la main, mais il se dégagea doucement.

— Mais bien sûr qu'elle est à Londres. Essaie d'être réaliste. Avoue simplement que c'est ton orgueil qui en prend un coup. Tu n'arriverais au mieux qu'à lui attirer des ennuis si la poste s'aperçoit qu'elle a donné une fausse adresse. Encore faudrait-il retrouver les lettres et l'avis de réexpédition.

Tout cela n'était que trop vrai. Et n'importe quel homme sensé réagirait comme Andrew. Il n'y avait donc qu'elle et Jackie pour se fier à leur intuition féminine et croire à la mort de Nesta.

Nesta était morte et... enterrée. La petite fleuriste qui composait de si beaux bouquets n'avait même pas eu de couronne à son nom. Où donc reposait-elle, maintenant ? La nuit où les tombes avaient été ouvertes, il aurait été facile d'aller au vieux cimetière en passant par le jardin du « Bouquet de la mariée ». Les cercueils les plus vieux ne devaient contenir aujourd'hui que de la poussière. Qui, parmi les ouvriers de nuit se déplaçant silencieusement entre les dalles, aurait remarqué que l'un d'entre eux était un peu plus lourd ?

S'il était trop risqué d'utiliser un cercueil, il n'en était pas de même pour les trous laissés dans la terre argileuse. Quelqu'un aurait pu déposer le cadavre dans l'une des fosses et la reboucher à la hâte. Une semaine plus tard, on avait coulé des tonnes de béton sur toute la surface du cimetière pour commencer la construction de la bretelle.

Elle hésitait encore, à la fois convaincue de sa thèse, et effrayée de traduire sa pensée par des mots. Il est à peu près certain que de tels propos, énoncés dans le cadre douillet de *Vair House,* auraient suffi pour la faire passer pour folle. En regardant ce jeune mari dont elle admirait tant la beauté, elle regrettait plus que jamais leur différence d'âge et appréhendait cette période où la femme devient facilement hystérique. Elle passa une main sur ces lèvres et sur ce front qui n'avaient plus la douceur et le velouté de la jeunesse.

Il s'en alla lentement, froidement, sans rien dire. Elle ferma les yeux. Quand elle les ouvrit à nouveau, Pernille se tenait devant elle avec un yaourt à la main.

— Mrs Fielding, je n'osais pas vous demander ça avant parce que vous êtes malade, mais je voulais savoir pour les timbres.

Elle avait complètement oublié. Elle refréna une irrépressible envie de rire. Des timbres ! Comment pouvait-elle penser à des détails aussi insignifiants alors que tant d'événements se précipitaient ?

— Je suis désolée. J'ai oublié. Mais je vous promets de vous en rapporter la prochaine fois.

— Knud sera si content. Ils sont de plus grande valeur quand ils n'ont pas le tampon de la poste, vous savez.

Le tampon de la poste... Elle n'avait ni les lettres ni l'avis de réexpédition, et elle n'avait même pas été fichue de vérifier sur l'enveloppe où la lettre avait été postée.

— Pernille, dit-elle pensivement, vous vous rappelez les deux lettres que m'avaient envoyées Mrs Drage ?

Pernille acquiesça en rougissant et leva vers Alice des yeux chargés d'appréhension.

— Vous n'auriez pas, par hasard, remarqué le cachet de la poste ? Vous auriez pu très bien regarder le timbre puisque vous avez eu les lettres entre les mains.

Si Pernille avait porté un tablier, elle l'aurait

rendu sur-le-champ. Son visage portait le masque comique de la honte et de la culpabilité.

— J'ai gardé l'enveloppe de la deuxième lettre, Mrs Fielding, avoua-t-elle enfin. Vous l'avez jetée et quand je vide la corbeille à papier, il y a l'enveloppe avec le beau nouveau timbre. Je regarde la date et je sais tout de suite que... Oh ! je ne sais pas comment on dit en anglais !

Alice se revit trente ans plus tôt, lors d'un après-midi pluvieux à *Vair Place*. Elle jouait dans le grenier avec Hugo et il lui avait montré son nouvel album de timbres. Sans le faire exprès, elle avait déchiré un timbre qui avait une valeur particulière. Furieux, Hugo s'était précipité sur elle pour lui tirer les cheveux.

— Un timbre à tirage limité, s'écria-t-elle. Vous avez gardé l'enveloppe pour votre frère parce qu'elle portait un timbre à tirage limité, c'est ça ?

Pernille acquiesça.

— Vous êtes fâchée contre moi ?

— Oh ! mais non, au contraire ! Vous avez bien fait, très bien fait... (Son visage se décomposa tout à coup.) Mais vous l'avez envoyée à Copenhague ?

— Non, j'attends que Knud vient me voir. Il doit venir la semaine prochaine pour les vacances. Je vais donner tous les timbres que j'ai gardés. Je suis si pressée de son arrivée, Mrs Fielding ! (Ne prenant plus la peine de cacher son émotion, elle ajouta :) J'ai tellement... la maladie du pays !

— Le mal du pays, corrigea gentiment Alice.

Elle se mit soudain à plaindre de tout son cœur la jeune Danoise. Elle était si heureuse avec Andrew qu'elle ne se rendait même pas compte que les autres pouvaient être malheureux. Elle sauta hors du lit sans plus attendre et enfila sa robe de chambre.

— Nous allons chercher l'enveloppe, dit-elle, et je regarderai votre chambre. Nous verrons si nous pouvons faire quelque chose pour l'égayer un peu.

Peut-être aurait-elle dû choisir le mobilier avec plus de soin. C'était une chambre toute simple avec deux peaux de chèvre en guise de tapis. Les rideaux n'étaient pas assortis au couvre-lit et il n'y avait ni objets décoratifs ni livres sur les étagères. Le mini transistor de Pernille trônait humblement sur la table de nuit entre une petite bouteille marron et un tube de crème pour les mains. La jeune Danoise sortit à regret l'enveloppe d'un sous-main qu'elle avait caché sous son oreiller.

Alice la prit avec empressement et regarda. Elle lut distinctement le mot « Orphingham » sur le tampon. La personne qui avait posté la lettre était allée jusqu'au bout de sa supercherie. Le timbre violet, bleu et noir qui oblitérait la lettre venait d'être mis en circulation pour célébrer l'édification du pont suspendu de la Quatrième Rue. Le dessin représentant le pont et le profil de la reine était presque caché par le mot *Orphingham* qui s'enroulait à l'intérieur des cercles jumeaux imprimés par le tampon.

Demain matin, elle montrerait l'enveloppe à la police. Ils pourraient sûrement en déduire quelque chose, retrouver la marque de la machine à écrire ou relever des empreintes digitales. Elle tenait délicatement le papier entre ses doigts comme si c'était un objet précieux. Peut-être que ce jeune employé au teint verdâtre se souviendrait à qui il avait vendu les timbres, le premier jour de leur mise en circulation.

— Pernille, dit-elle, j'ai honte de vous laisser dormir dans une pièce aussi lugubre. (Elle allait se montrer prodigue envers la jeune fille qui lui avait redonné espoir.) Je pense que nous pourrions vous acheter un nouveau tapis et... aimeriez-vous avoir votre propre télévision ?

Les yeux de chat rencontrèrent les siens et se détournèrent aussitôt. Puis Pernille sourit et remercia du bout des lèvres. Alice se demanda si ce manque d'engouement ne devait pas être mis sur le compte d'une santé défaillante.

— Est-ce que vous mangez à votre faim, Pernille ? Prenez-vous suffisamment de lait, de viande, de fromage ?

— Oui, je mange de la viande, mais ce lait et ces yaourts que vous prenez, non, merci, dit-elle avec une moue de dégoût.

Alice lui souhaita un « bonne nuit » plein d'entrain et sortit de la chambre en souriant. C'était curieux qu'une Danoise détestât des produits qu'on associait naturellement à son pays. Elle s'était tellement retenue de rire au moment de quitter la pièce qu'elle n'avait pas entendu les derniers mots de Pernille. Quelque chose au sujet du fromage et de la chance qu'elle avait de ne pas aimer ça.

Alice retourna se coucher et entama son yaourt. Depuis ces derniers temps, elle trouvait un drôle de goût à tout ce qu'elle mangeait. Elle le reposa d'un geste las, ouvrit le premier des romans victoriens, et le texte de la première page lui apparut à travers un brouillard épais.

La maison était parfaitement silencieuse mais, au moment de tourner la première page, elle entendit comme de légers tapotements qui semblaient venir d'en bas. Elle tendit l'oreille. Non, cela ne venait pas directement de la pièce en dessous, mais de l'autre côté de la maison où se trouvaient le petit salon, la salle à manger et la cuisine. Il était toujours difficile de localiser un son inconnu. Puis quelqu'un ouvrit une porte et la referma discrètement. Les petits bruits de frappe devaient provenir d'un appareil électrique dans la cuisine car il n'y avait pas de machine à écrire dans la maison.

9

Le soleil brillait comme par une belle journée de printemps. Dans le jardin, les buissons au feuillage persistant semblaient aussi annoncer l'arrivée des beaux jours, mais, à l'ombre des haies qui bordaient l'allée, la gelée blanche empêchait encore les brins d'herbe de s'épanouir.

Alice se détourna de la fenêtre et commença à descendre les marches de l'escalier. Le soleil projetait des taches de couleurs vives sur le tapis persan du hall. Arrivée sur le demi-palier qui amorçait la descente finale, elle entendit des voix monter de la cuisine. La porte était légèrement entrouverte.

— Bien sûr, elle a des années de plus que lui.

La voix était celle de Mrs Johnson et le sujet de conversation facile à deviner. Vexée, Alice se mordit les lèvres et attendit.

— Je ne savais pas — c'était Pernille, chère Pernille ! En tout cas, on ne le dirait pas. Je la trouve si jolie, et elle a un très beau corps.

— Il ne faut pas dire ça, malheureuse ! Parlez d'une jolie silhouette, ou d'un joli buste si vous voulez entrer dans les détails. (Alice faillit éclater de rire dans l'escalier.) Et elle a aussi de très beaux cheveux, je vous l'accorde. Elle a toujours eu de beaux cheveux, même quand elle était toute petite.

La conversation prenait une tournure plus favorable. Alice descendit une marche et s'apprêtait à signaler sa présence par un léger toussotement quand Mrs Johnson reprit :

— Remarquez que je n'ai rien contre lui...

— Mr Fielding ?

— Pas de nom, malheureuse ! Vous savez très bien de qui je veux parler. Ils ont beaucoup d'affection l'un pour l'autre, je n'en doute pas. Quant à l'avoir fait entrer dans l'Entreprise, là, c'est une autre histoire. Il n'est pas plus utile à Mr Whittaker qu'un garçon de course.

Alice se figea à nouveau.

— Ce n'est pas que Mr Whittaker se plaigne de lui, mais il a fait quelques allusions qui ne m'ont pas échappé. Je suis une fine psychologue à ma façon, miss Madsen, et je sais lire entre les lignes. À chaque fois qu'il lit dans le journal un article sur les revendications des professeurs, Mr Whittaker se fiche dans une de ces rognes ! Et il ne mâche pas ses mots, croyez-moi. Je le disais justement à Kathleen hier, mieux vaut ne jamais être pris dans son collimateur.

Alice ne put en supporter davantage. Sa grand-mère leur aurait volé dans les plumes. Les temps avaient changé. Alice remonta à l'étage et redescendit en s'efforçant de faire craquer les marches. La voix de Mrs Johnson résonna encore plus fort :

— Je suis juste venue apporter ce flan aux œufs pour Mrs Fielding. Quelque chose de léger et de consistant. Je n'ai rien contre la cuisine nordique, ma chère, mais elle est un peu trop lourde quand on a des problèmes de digestion.

Alice ouvrit la porte.

— Bonjour, Mrs Johnson.

— Oh ! Madame, quelle surprise !

Alice connaissait Mrs Johnson depuis trente ans. Elle lui avait servi à la fois de mère et de gouvernante pendant presque toute son enfance. Mais quand elle était revenue de pension à l'âge de dix-huit ans, Mrs Johnson avait remplacé « Alice » par « Miss » jusqu'au jour de son mariage où elle avait commencé à l'appeler « Madame ».

— Nous pensions que vous dormiez et vous voilà tout habillée. J'ai toujours dit que l'avenir appartient à ceux qui se lèvent tôt.

— Je me sens beaucoup mieux ce matin.

— Tant mieux. Il ne faut jamais se laisser aller. Quand j'ai eu tous ces ennuis à cause de mon cousin, j'étais dans un de ces états, vous ne pouvez pas savoir. Le Dr Blunden a voulu me donner des calmants, mais, moi, je lui ai dit : « Non, docteur, je continuerai avec mes habituels... »

— Je sors, Pernille, coupa Alice.

Maintenant qu'elle était sur le point d'aller voir la police, quelque chose la retenait : la peur de confier ses craintes à des inconnus, ou la timidité, peut-être. La conversation qu'elle venait de surprendre l'avait bouleversée et elle éprouva soudain un profond ressentiment envers son oncle. Comment osait-il parler d'Andrew de la sorte ? Comme si Andrew était un homme intéressé ! Malgré la fraîcheur matinale, la colère lui échauffait le visage. On aurait dit qu'on lui avait frotté les joues au gant de crin.

Remettant sa visite à plus tard, elle alla d'abord à la poste acheter des timbres, puis au magasin de tapis pour demander le nouveau catalogue. En sortant, elle vit Harry qui fermait la porte de son cabinet de l'autre côté de la rue. Il lui fit un signe de la main et lui sourit gentiment avant de monter dans sa voiture. Devant sa vitrine de bijoux, Mr Cropper prenait le soleil en compagnie de Mr Feast.

— Bonjour, Mrs Fielding, dit ce dernier d'un air gêné.

Il sembla vouloir ajouter quelque chose, peut-être voulait-il s'excuser, mais Alice passa devant eux sans s'arrêter. La vue de cet homme jaloux et violent était le coup d'aiguillon dont elle avait besoin. Elle entra au poste de police d'un pas décidé.

Elle connaissait le poste, mais elle n'était jamais entrée dans cette petite pièce, dont la porte vitrée portait les initiales C.I.D. Un jeune homme aux traits réguliers mais creusés par la fatigue était assis derrière un bureau. Bizarrement, elle se dit qu'Andrew aurait pu lui ressembler si sa vie avait été différente, sans éducation ni pédagogie. Ce visage était semblable à celui d'Andrew, mais il était à la fois différent. Il n'était pas exempt de grâce et de séduction mais il était marqué par la vie, par les épreuves qu'il avait subies. Il se présenta et elle ressentit une légère déception en apprenant qu'il n'était que l'inspecteur-adjoint

Elle lui parla des lettres. Son visage resta impassible. Elle lui raconta combien elle s'était sentie diminuée par la maladie qui l'avait empêchée de mener à bien son enquête. Tout en ayant l'air de l'écouter attentivement, il lui proposa une cigarette. Elle secoua la tête avec impatience.

— D'après ce que j'ai entendu dire, je pense que Mrs Drage avait dû avoir des aventures avec plusieurs hommes. Voilà d'après moi ce qui s'est passé : l'un d'entre eux avait décidé de la tuer et il lui avait donné des cachets en lui disant que c'était de l'aspirine. Mais ce n'était pas de l'aspirine, vous savez. C'était une drogue dont les effets sont accrus quand on mange du fromage. Tout le monde savait qu'elle participait aux dégustations de fromage parce qu'elle voulait maigrir. Elle n'avait pas mangé de fromage ce jour-là, jusqu'à ce qu'elle vienne chez moi.

Elle s'arrêta net. Elle venait juste de se rendre compte que c'était chez elle que Nesta avait pris ce repas qui avait causé sa mort, et que c'était elle-même qui l'avait préparé. Cette découverte, aussi effrayante fût-elle, décupla son envie de connaître la vérité.

À l'expression du visage de l'inspecteur elle comprit qu'elle n'avait pas été convaincante. En désespoir de cause, elle serra les poings et, prenant un air important, les posa fermement sur le bureau. Ce fut une erreur.

— Ainsi donc, vous ne vous êtes pas sentie bien pendant toute une période, Mrs Fielding ?

— Je ne suis pas devenue folle pour autant.

— Je n'ai jamais dit cela. Mais ne pensez-vous pas que votre maladie ait pu vous rendre trop imaginative ?

— Je n'ai pas une imagination délirante et je ne lis pas de romans à sensation.

Elle pensa à l'austère roman victorien qu'elle avait laissé sur sa table de nuit, mais elle n'avait plus assez le sens de l'humour pour s'en amuser.

— Eh bien... Voulez-vous me montrer les lettres que Mrs Drage vous a envoyées...

— Je vous répète que je ne les ai pas gardées. Je vous ai montré l'enveloppe. J'avais recopié l'adresse sur mon agenda. Vous voyez, cela ressemble à *Sewerby* mais...

— Oui, dit-il, c'est le genre d'erreur que tout le monde peut faire.

— Très bien. Supposons donc que j'ai fait une erreur. Mrs Drage n'a de toute façon jamais habité *Sewerby*. J'ai parlé au propriétaire de la maison et il n'en avait jamais entendu parler. Écoutez, si vous alliez vous-même... ou si vous envoyiez quelqu'un à Dorcas Street, je suis sûre que ce garçon à l'hôtel vous dirait que Mrs Drage n'était jamais passée prendre mes lettres et mon colis.

— *Les* lettres et *le* colis, corrigea-t-il. Mais parlons plutôt du fromage et des médicaments. Je m'intéresse beaucoup aux cas de décès causés par l'absorption de médicaments. J'ai tout un dossier sur le sujet. Puis-je vous montrer quelque chose ?

Il sortit un classeur rempli de coupures de presse qu'elle regarda sans rien dire.

— Le médicament dont vous m'avez parlé est en fait une pilule contenant de la tranylcypromine, dit-il, en lui montrant l'article qu'il cherchait.

— C'est bien possible mais je...

— Ils expliquent ici que, si vous en prenez en mangeant du fromage, votre tension artérielle devient tellement élevée que vous pouvez en mourir.

Elle approuva avec fougue. Il arrivait enfin où elle voulait en venir.

— Mrs Fielding. Savez-vous combien de gens sont morts pour avoir ignoré cette contre-indication depuis 1960 ?

— Vous allez me le dire.

— Quatorze, dit-il en refermant le dossier.

— Elle est peut-être la quinzième.

Il secoua sa belle tête brune d'un air incrédule. Alice avait vraiment l'impression d'avoir Andrew en face d'elle, sauf qu'il était plus jeune et que ses traits étaient plus durs. En fait, plus elle le regardait, plus elle lui trouvait des points communs avec son mari. Ils avaient la même implantation et la même couleur de cheveux, le même front, le même petit sourire sceptique. Elle se demanda soudain s'il la prenait pour une folle. Il devait sûrement voir beaucoup de cinglés qui venaient lui raconter des histoires à dormir debout. Des femmes pâles et échevelées qui devaient le regarder avec des yeux fiévreux, comme elle maintenant.

— Elle m'a écrit pour me donner son adresse. Enfin... je crois que c'est quelqu'un d'autre qui a écrit à sa place. J'ai reçu une lettre d'Orphingham mais l'adresse était fausse.

— Mais si elle vous a écrit, Mrs Fielding, je ne comprends pas pourquoi vous pensez qu'elle a disparu.

— Est-ce que vous allez faire quelque chose ? demanda-t-elle d'un air implorant. Si vous pouviez simplement parler à ce Mr Feast, si vous pouviez faire expertiser l'enveloppe...

Il se leva et resta debout près de la fenêtre. Voyant qu'il avait l'air impressionné, elle se pencha par-dessus le bureau et s'apprêta à le supplier une dernière fois. Elle battit des cils. Soudain, elle se rendit compte que son attitude silencieuse n'était pas motivée par une conviction naissante, mais par la pitié qu'elle lui inspirait et le respect dû à son nom. Elle n'allait quand même pas s'abaisser à pleurer devant lui. Elle se redressa et commença à remettre ses gants.

— Mrs Fielding...

— Cela ne fait rien. Oubliez que je suis venue vous voir.

Elle mit l'enveloppe dans la poche de son manteau de fourrure.

— Nous avons une liste des personnes disparues. Je ne crois pas justifié d'y ajouter le nom de

Mrs Drage pour le moment, mais nous resterons vigilants. Au cas où l'on retrouverait...

Un cadavre non identifié, allait-il dire. Devant tant de scepticisme, comment pouvait-elle lui suggérer d'exhumer les corps dans le nouveau cimetière ?

— Si j'étais vous, Mrs Fielding, je rentrerais tranquillement chez moi. Je peux demander à quelqu'un de...

Il s'arrêta net quand il vit les clefs de voiture dans la main d'Alice.

— Il y a toutes les chances..., dit-il, soulagé qu'elle s'en aille, il y a toutes les chances pour que vous receviez très bientôt une lettre de votre amie.

Sa sollicitude était insupportable. Quand elle était célibataire, Alice n'avait jamais eu l'impression d'inspirer la pitié. Aujourd'hui, même mariée, elle sentait qu'elle présentait aux yeux de ce jeune homme toutes les caractéristiques de la vieille fille aigrie, frustrée et seule, qui, avide de nouveaux amis, s'efforçait d'attirer l'attention.

Après son départ, il dirait à l'officier de police en pointant l'index sur sa tempe : « Un peu toquée, celle-là ». Et l'officier répondrait, fier de son expérience : « Elles deviennent toutes comme ça quand elles ne peuvent plus avoir d'enfants. »

Vers qui pouvait-elle se tourner, maintenant ? Sûrement pas vers Andrew. Sa réaction serait la même que celle du jeune inspecteur-adjoint, un mélange de pitié et de dédain. Oncle Justin et Hugo étaient à l'Entreprise. Il ne restait plus qu'Harry. Lui seul l'écouterait et la croirait. Et la police prendrait son avis en considération.

Elle devait aller à son cabinet et lui exposer toute l'affaire. Comme elle descendait les marches, elle entendit la cloche de St Jude sonner

13 heures. Il était aussi tard que cela ? Elle leva les yeux vers le clocher, espérant entendre les onze autres coups de midi, et son regard tomba sur la salle de réunion qui occupait un angle de l'église. Les portes étaient grandes ouvertes. Bien sûr ! C'était vendredi, le jour de la dégustation hebdomadaire de fromages. Harry serait là, Harry et Mr Feast. Elle devait prendre son courage à deux mains et affronter ce dernier si nécessaire.

Mais c'était le vicaire qui, assis à la table d'accueil, s'occupait de récolter l'argent.

— Bonjour, miss Whi... heu, Mrs Fielding. C'est un tel plaisir de vous avoir parmi nous.

Elle ne trouva absolument rien à lui répondre. Elle se contenta de sortir son porte-monnaie et de déposer un billet de cinq livres sur la table. « Je donne toujours trop d'argent », se dit Alice en entrant dans la salle. « Je paye pour obtenir ce que je veux et pour me débarrasser de ce que je ne veux plus. »

Daphné Feast était assise à côté de la femme du président du conseil. Alice la salua d'un signe de tête qu'elle fut incapable d'accompagner d'un sourire. Le père Mulligan fondit sur elle pour lui offrir un verre d'eau. Elle s'arrêta un instant et lui jeta un regard implorant dont il ne saisit pas la nuance. Est-ce que la Bible ne citait pas le meurtre comme l'un des quatre péchés qui déclenchaient les foudres de Dieu ? Le vicaire lui dédia un sourire de saint illuminé par la grâce.

Harry était assis tout seul à un coin de table. Il voulut lui retirer son manteau, mais elle referma le col sur sa poitrine d'un air frileux.

— Harry, dit-elle en entrant dans le vif du sujet, vous devez absolument me dire si vous avez déjà prescrit de la tranylcypromine à l'un de vos patients.

— Si j'ai prescrit quoi ? Alice, qu'est-ce que vous racontez là ?

— En avez-vous prescrit, oui ou non, c'est tout ce que je veux savoir.

— Oui, pour tout vous dire... (Il s'arrêta soudainement, hésitant à entamer le morceau de pain qu'il avait à la main.) Ma chère Alice, c'est un sujet sur lequel je ne peux absolument pas m'étendre. Vous devez comprendre qu'un médecin...

— En avez-vous déjà donné à Mr Feast ?

— Certainement pas. Ce serait le dernier des hommes à qui... S'il vous plaît, Alice, dites-moi où vous voulez en venir.

— C'est au sujet de Nesta, dit-elle calmement. Si vous ne me croyez pas, tant pis pour vous.

Il avait semblé ennuyé et irrité par ses questions indiscrètes. Tant qu'elle avait été suppliante, comme ces enfants devant leur bol vide, il s'était montré distant et réticent. Elle sentit tout à coup que les rôles s'inversaient. Le visage de Harry afficha soudain la mine angoissée qu'elle avait eue un moment plus tôt.

— Nesta ? dit-il d'un ton faussement désinvolte. Mais que vous a-t-elle dit ?

— Rien du tout, puisque je ne l'ai pas vue. Écoutez-moi, Harry, personne ne me croit, excepté Jackie. J'ai failli en devenir folle mais Andrew ne veut pas m'écouter. Il refuse de parler d'elle.

Elle allait continuer, elle allait décrire son enquête point par point, quand il l'interrompit par une réflexion si étrange qu'elle en oublia pendant un moment toutes ses questions sur les lettres, les médicaments et Mr Feast. Il prononça la phrase sur un ton effroyablement neutre.

— Ce n'est pas étonnant, vu les circonstances.

Elle sentit aussitôt qu'elle était sur le point de faire une horrible découverte, et que cela n'en serait une que pour elle. Pendant longtemps, la vérité avait été comme un serpent endormi dans sa boîte, un reptile qui hiberne en faisant provision de venin. Maintenant, il commençait à dérouler ses anneaux et il sifflait imperceptiblement.

— Que voulez-vous dire. ?

— Alice, je ne peux pas discuter de cela avec vous. Vous devez me comprendre. En vous mariant avec un homme bien plus jeune que vous, vous deviez bien vous douter que ce genre de problème arriverait tôt ou tard.

Les conversations montèrent d'un ton. Un verre tinta. Elle serra ses deux mains très fort l'une contre l'autre, soudainement réceptive au moindre bruit. Près de la table du vicaire, quelqu'un fit tomber une poignée de petite monnaie. Elle entendit les pièces rouler sur le sol et quelqu'un se précipiter pour les ramasser. Les yeux rivés sur la photo d'un enfant, elle murmura :

— Je ne comprends pas.

— Nous parlerons de Nesta tout à l'heure, dit-il, mais Alice, dans votre propre intérêt, vous ne devez plus associer leurs deux noms. Il y va de votre équilibre.

— Andrew et Nesta ? Vous pensez qu'il... Que je... ? (Elle entendit sa voix monter dans les aigus mais elle ne pouvait plus la contrôler.) Je ne savais pas, Harry.

— Je suis désolé, dit-il. Si j'avais su que vous ne saviez pas, je n'en aurais pas tant dit. Oubliez tout ça ! Ce n'est qu'un mauvais rêve.

Il avança sa main pour lui prendre le bras,

mais ses doigts n'attrapèrent que la manche en fourrure.

— Oh ! Alice, murmura-t-il. Je donnerais n'importe quoi pour retirer ce que j'ai dit.

— Laissez-moi partir, dit-elle. Je veux rentrer chez moi.

Elle le repoussa violemment et s'élança comme une aveugle vers la sortie.

10

Les pneus crissèrent sur le gravier. Elle conduisait beaucoup trop vite, la voiture fit deux embardées sur le bas-côté, frôla dangereusement les haies et roula sur la pelouse. Enfin, elle était chez elle et elle se félicita d'avoir résisté à la tentation de faire irruption à l'Entreprise pour lui hurler son chagrin et sa colère.

— Vous vous sentez bien, Madame ?

Alarmée par ces vrombissements inhabituels qui venaient troubler la paix de *Vair Place,* Mrs Johnson avait cessé de nettoyer l'argenterie pour se pencher à la fenêtre.

— Vous êtes un vrai paquet de nerfs, depuis quelques jours.

— Je suis seulement fatiguée, et j'ai froid.

— Entrez vite et demandez à miss Madsen de vous préparer quelque chose de chaud. Ce n'est pas bon de vivre sur les nerfs, je peux vous en dire quelque chose.

Alice s'appuya contre le capot de la voiture, épuisée d'avance à l'idée d'écouter des propos stériles.

Mrs Johnson secoua son chiffon qui laissa échapper une poussière argentée.

— C'est dommage que vous ne vous décidiez pas à vous confier au docteur. Je peux vous assurer qu'il m'a été d'un grand réconfort.

Devant le comique involontaire de la situation, Alice ne savait plus trop s'il fallait rire ou éclater en sanglots hystériques.

— Attendez une minute, Madame, je vais vous donner quelque chose qui...

— Non, non ! s'écria Alice, paniquée. (Elle sentait qu'elle allait piquer une crise de nerfs si elle regardait une minute de plus ce visage de nounou au cœur sec.) Je vais m'allonger.

Elle ouvrit fébrilement la porte, monta l'escalier en trombe et se jeta sur son lit.

Jaloux. Celui qui avait tué Nesta était jaloux. Un homme important de Salstead, avait dit Daphné Feast. Pour quelqu'un de condition modeste comme Nesta, Andrew correspondait tout à fait à la description, compte tenu de son bagage universitaire, de sa maison et de ses liens avec les Whittaker. Mais Andrew l'aimait elle, Alice. Bien sûr qu'il l'aimait.

Elle repensa au jeune inspecteur qui, avec ses beaux cheveux noirs et sa patience occasionnellement poussée à bout, lui avait tellement rappelé son mari. Il avait mis le doigt sur quelque chose qu'elle avait toujours refusé d'affronter jusqu'à présent. Les jeunes hommes de cet âge plaignaient les femmes comme elle, celles qui approchaient de la quarantaine et qui n'avaient jamais été belles. S'ils étaient gentils, ils les prenaient en pitié. S'ils ne l'étaient pas, ils riaient derrière leur dos. Ils ne tombaient pas amoureux d'elles. Pourquoi n'y avait-elle jamais pensé avant ?

Mais Andrew m'aime, s'obstina-t-elle à penser. Je sais qu'il m'aime. « Dans votre propre intérêt, avait dit Harry, vous devez cesser d'associer leurs deux noms. » Toutes ces fois où il avait raccompagné Nesta chez elle, tous ces week-ends avant leur mariage où il était trop occupé pour venir à *Vair*... Il connaissait déjà Nesta à cette époque.

Pourquoi l'avait-il épousée ? Pourquoi avait-il quitté ce travail qui était toute sa vie ? Pourquoi avait-il changé toute son existence s'il ne l'aimait pas ? « Parce que tu es une femme riche », disait une petite voix métallique au fond d'elle même. « Parce que Nesta vivait aussi à Salstead. »

Lorsqu'ils étaient sortis ensemble pour la première fois, il ne savait pas qu'elle était riche mais il s'était immédiatement montré tendre et attentionné. « Pauvre idiote », ricanait la voix vipérine qui résonnait de plus en plus fort en elle-même. « Tout en toi trahissait ta richesse : tes vêtements, tes bagues, les photos de *Vair Place* que tu lui montrais. » Dès leur deuxième rencontre, elle lui avait raconté la saga des Whittaker-Hinton. Elle revoyait parfaitement la scène et elle se souvenait plus précisément de ce moment où il avait levé les yeux de la photo, où il avait souri puis touché sa main, où il avait commencé à manifester les attentions d'un amoureux.

C'était lors de sa première visite à *Vair* qu'elle lui avait présenté Nesta. Au préalable, elle avait organisé une sortie au théâtre pour eux quatre, Andrew et elle, Harry et Nesta. Mais c'était Andrew et non pas Harry qui avait raccompagné Nesta chez elle. Tandis qu'elle parlait de tout et de rien avec Harry, elle avait trouvé qu'Andrew tardait un peu. À son retour, il avait parlé des fleurs que Nesta lui avait montrées et lui avait donné un pot de cyclamen. C'était un cadeau de Nesta, avait-il dit. Un cadeau ? Ou une récompense pour service rendu ?

Elle enfouit sa tête dans l'oreiller et étouffa un sanglot.

Il rentra à la maison plus tôt que d'habitude, pâle, fatigué, et ses cheveux décoiffés par le vent lui donnaient un air à la Lord Byron. Elle était étendue sur le dos, les yeux rivés au plafond.

— Pourquoi est-ce que cela devait arriver, Andrew ? demanda-t-elle stupidement.

Elle était tellement hantée par la vision de son mari avec Nesta qu'elle ne douta pas qu'il allait comprendre immédiatement ce qu'elle voulait dire.

Apparemment, il ne comprit pas. S'il ressentait une once de culpabilité, celle-ci fut entièrement balayée par son inquiétude devant l'état d'Alice. Il s'approcha du lit et se pencha vers elle.

— Qu'est-ce qui devait arriver ? Qu'est-ce qui ne va pas, Bell ?

— Toi et... (Prononcer son nom lui était devenu un supplice.) Toi et... Nesta ! (Elle s'humecta les lèvres et frissonna de tout son être.) Harry m'a tout dit.

— Nom d'un chien. Si j'avais ce salopard devant moi !

Elle ne l'avait jamais entendu jurer auparavant. Il était arrivé pâle mais il était maintenant blanc de rage.

— Tu étais amoureux d'elle, n'est-ce pas ? murmura-t-elle.

Il lui tourna brusquement le dos. C'était un homme mince, ni trop carré ni trop musclé, mais ses épaules semblaient maintenant énormes, hostiles, empêchant presque la lumière de pénétrer dans la pièce. Elle se couvrit les yeux avec ses mains. Il se dirigea d'un pas souple et décidé vers l'autre bout de la pièce. Elle l'entendit fermer la porte, et le petit déclic métallique, auquel elle ne faisait jamais attention d'habitude, retentit dans ses oreilles comme un coup de revolver. Le matelas s'affaissa lorqu'il se laissa tomber à ses côtés, comme écrasé par le poids du désespoir.

— Andrew..., gémit-elle.

Il allait maintenant se confesser et lui demander pardon ; il allait enfin avouer ce qu'elle ne lui pardonnerait jamais : sa passion pour une femme qui avait été sa meilleure amie et qui à présent était morte. Elle serra les poings, ouvrit les yeux et attendit.

— Si seulement tu pouvais savoir à quel point... (Alice retint son souffle.)... à quel point je la détestais ! Je la trouvais tout simplement répugnante. Mais toi, tu ne t'apercevais de rien. Je devais sans cesse supporter la présence de cette limace peinturlurée parce qu'elle était ton amie. Si tu savais, Bell, j'ai cru quelquefois que j'allais la battre si je l'entendais prononcer encore une seule fois le mot « anémôôône ».

Quand elle le vit tressaillir, elle comprit que son dégoût n'était pas simulé.

— Quand je pense à ses petits poignets grassouillets, avec des bourrelets qui formaient comme des bracelets... !

— Oh ! chéri, pourquoi ne m'as-tu rien dit ? Mais Andrew... Il y a eu quelque chose entre vous, quelque chose que tu voulais cacher, n'est-ce pas ?

— S'il n'y avait rien eu, dit-il amèrement, je n'aurais jamais éprouvé une telle aversion.

— Raconte-moi, alors. Tu peux *tout* me raconter.

— Tu te rappelles cette soirée où nous sommes tous allés au théâtre voir cette pièce, *Rain*. Tu semblais être pressée qu'elle me tombe dans les bras.

— Mais je l'avais invitée pour Harry.

— Ce n'est pas l'impression que j'ai eue, mon ange. Toi et Harry, vous sembliez si bien vous entendre. Je pensais que tu voulais me faire gentiment comprendre que c'était lui que tu avais choisi. Alors, tu vois, quand tu m'as demandé de raccompagner Nesta, j'ai accepté, et quand Nesta m'a entraîné parmi les tulipes et les violettes, eh bien, je me suis laissé faire. Oh ! Bell, mon ange, elle m'a bien fait sentir que cela ne lui aurait pas déplu que je l'embrasse. Je me suis dit : « Pourquoi pas ? » C'était bien pour ça qu'on m'avait invité, non ?

— Et ensuite ?

— Ensuite, il ne s'est rien passé, je te le jure. Quand je l'ai vue pour la deuxième fois, nous étions fiancés.

Pendant tout le temps qu'il avait parlé, il n'avait attendu qu'un signal de sa part. Maintenant, elle le lui donnait. D'abord, elle lui tendit les mains, puis elle esquissa un sourire qui finit par illuminer tout son visage. Il se tourna vers elle et la prit dans ses bras.

— Oh ! Bell, j'ai eu tellement peur pour nous deux, dit-il en la serrant très fort contre lui. Je voulais oublier tout ça, le peu qu'il y avait eu, mais ce n'était pas l'intention de Nesta. Lorsque nous nous retrouvions seuls, elle me parlait comme si nous avions été amants, comme si nous avions un secret que nous devions garder pour nous. Puis elle me disait qu'il valait mieux que tu saches. Je la voyais s'enfoncer de plus en plus profondément dans son état dépressif et je me demandais quand tout cela sortirait : les mensonges, les excuses, les confidences.

Alice hocha la tête et frotta tendrement sa joue contre celle d'Andrew.

— Elle s'est conduite de la même façon avec Hugo, Andrew, dit-elle. Et il y en avait combien d'autres ? Pourquoi était-elle comme ça et comment Harry a-t-il su ?

— Je ne sais pas, dit-il pensivement. Elle avait sûrement un immense besoin de séduire. Quant au nombre exact... Bell, il faut que je te dise quelque chose. Je ne pouvais pas t'en parler avant. (Il se redressa mais garda son bras autour de son épaule.) L'été dernier, j'étais dans le bureau de ton oncle à l'usine. Tu sais comme il me traite toujours, comme un sous-fifre. (Elle acquiesça. Mais un léger nuage venait tout à coup d'assombrir son nouveau bonheur.) Bon. Je dois avouer qu'il n'a pas tort, car je ne suis pas un collaborateur très brillant. Il devait signer un chèque pour quelqu'un. Il m'a simplement lancé son chéquier en me demandant de vérifier s'il restait des chèques, puis il est sorti. En fait, il n'en restait plus qu'un et je n'ai pas pu m'empêcher de lire les talons. Tu sais qu'un carnet de chèques lui dure environ quinze jours, eh bien, là, il y avait deux talons qui portaient l'inscription : « 20 livres pour N. D. »

Les initiales du *vanity case*...

— Mais Andrew, c'est horrible !

— Il est peut-être aussi peu fautif que moi, reprit-il d'un ton apaisant. (Il lui releva le menton et l'embrassa doucement sur les lèvres.) Ne t'inquiète pas, dit-il. Nous ne la reverrons plus jamais. (Il se leva d'un bond, plus insouciant qu'il ne l'avait jamais été.) Je vais chercher du thé.

Nous ne la reverrons plus jamais.

Pendant plus d'une semaine, elle avait consacré son temps et son énergie à retrouver Nesta puis à chercher qui l'avait tuée. Rien ne l'avait arrêtée, excepté sa maladie. Maintenant, elle était presque contente d'avoir été malade. Elle ne voulait plus jamais voir ou entendre parler de cette femme aux yeux mouillés de larmes de crocodile, au corps moulé dans un tailleur pied-de-poule trop serré.

Andrew revint plus vite que prévu.

— Oh ! mon ange, c'est la barbe, mais ton oncle est en bas avec Hugo. Apparemment, Mrs Johnson est allée leur raconter que tu avais eu encore un malaise.

— J'arrive.

Il fallait qu'elle se débarrasse de ses derniers soupçons, et c'était maintenant le moment ou jamais.

Le thé était déjà servi quand elle entra dans le salon. Justin Whittaker, dont la cravate était aussi raide qu'une épée menaçant de lui transpercer le menton, jeta un regard agacé sur ses yeux rougis.

— Qu'est-ce que c'est que cette histoire de nerfs en pelote ?

Hugo tendit à sa sœur une tasse de thé en en renversant un peu dans la soucoupe.

— Je revenais juste d'Orphingham avec Oncle Justin et m'apprêtais à le déposer devant la grille quand Mrs Johnson est arrivée toutes voiles dehors pour nous dire que tu avais failli emboutir la porte du garage.

Ne sachant pas quoi leur dire, elle s'assit à côté d'Andrew et but quelques gorgées de thé tiède. Oncle Justin contemplait le plafond.

— C'est dix mille ans de civilisation qui disparaissent en fumée, dès l'instant où une femme prend le volant. (Il regarda la tasse dans sa main comme s'il la voyait pour la première fois.) Pourquoi me faire boire du thé à cette heure de la nuit ? dit-il à la cantonade. (Puis il regarda Alice et secoua la tête.) Je me demande où tu as bien pu prendre ces habitudes de prolétaire.

Elle faillit lui répondre du tac au tac : « Qu'est-ce que vous venez faire ici ? Qu'est-ce qui vous permet de me juger ? » quand elle réalisa que les bougonnements de son oncle cachaient une réelle inquiétude.

— J'étais préoccupée par quelque chose, dit-elle calmement, et j'étais fatiguée. Ce n'est pas grave. Je n'ai même pas abîmé la porte du garage.

— Tu as besoin d'un fortifiant, dit-il, quelque chose qui te remette d'aplomb, une bonne fois pour toutes... (Puis s'efforçant de ne pas trahir ses émotions, il ajouta d'un ton sec :) J'aime autant de le dire, Alice, je me fais beaucoup de souci pour toi... Tu as une santé très fragile depuis quelque temps et si Andrew n'intervient pas rapidement, il va se retrouver avec une infirme sur les bras... ou pire.

Elle se leva d'un bond, indignée, et s'avança vers lui. Andrew n'avait pas bougé.

— Oncle Justin !

Jamais elle n'avait éprouvé une douleur plus vive que celle qui lui déchira tout à coup le diaphragme. Rien ne l'avait annoncée et elle envahit immédiatement tout son corps tandis qu'une gerbe de couleurs lumineuses éclatait devant ses yeux. Elle sentit ses membres inférieurs s'engourdir puis, au moment où elle avança ses mains pour se rattraper, un spasme lui souleva le cœur avec une telle violence qu'il vint rugir à ses oreilles comme une vague déferlante.

— Qu'est-ce qui se passe, Bell ? Tu ne te sens pas bien ?

Elle sentit qu'elle allait s'évanouir, comme dans l'appartement des Feast. Cette fois, les bras d'Andrew étaient là pour la soutenir, mais elle se laissa tomber si lourdement qu'ils perdirent tous les deux l'équilibre et entraînèrent dans leur chute la table et le service à thé. La porcelaine se brisa en mille morceaux, le lait se répandit sur le tapis, et les jurons d'Hugo furent les dernières paroles qu'elle entendit.

Cela faisait un moment qu'elle avait repris connaissance, mais il n'y avait aucune raison pour qu'elle ouvrît les yeux. Tout ce qu'elle voulait, c'était qu'on la laisse tranquille dans l'obscurité. Elle avait entendu des va-et-vient autour d'elle et elle savait à présent qu'il n'y avait plus qu'Harry et Andrew dans la pièce. Les deux hommes réglaient leurs comptes à voix basse.

— Je sais très bien que je ne suis pas là parce que vous l'avez demandé, disait Harry, mais puisque Mr Whittaker m'a téléphoné et qu'Alice est ma patiente, vous auriez tout intérêt à vous en remettre à mes compétences.

— Étant donné que vous avez vu ma femme presque tous les jours depuis le commencement de sa maladie et que, jusqu'à présent, tout ce que vous avez réussi à diagnostiquer est un virus hypothétique, permettez-moi d'émettre un doute sur vos « compétences ».

— Écoutez-moi, Fielding. Le virus est la dernière des possibilités que j'envisage en ce moment. Je pencherais plutôt...

— Vous me fatiguez !

— Mais pour être certain de ce que j'avance, je dois examiner votre femme avec le plus grand soin et lui poser quelques questions ; je vous demanderai donc de bien vouloir m'aider à la monter dans sa chambre.

Il glissa une main sous le bras d'Alice mais

Andrew l'écarta violemment. Harry garda cependant le contrôle de lui-même.

— Calmez-vous, Fielding. Alice ne verra aucun inconvénient à ce que nous parlions. Vous oubliez que nous sommes de vieux amis.

— J'en ai par-dessus la tête de cette prétendue « bonne vieille amitié » avec ma femme. J'ai toujours pensé qu'il était malsain qu'un médecin entretienne des rapports trop privilégiés avec ses clientes.

Il y eut un silence de mort. Lorsque Harry reprit la parole, sa voix était si grave qu'Alice dut faire un effort pour comprendre.

— Si vous n'étiez pas le mari d'Alice, j'aurais immédiatement porté plainte contre vous pour diffamation. (Elle l'entendit prendre une grande inspiration.) Pour l'amour du Ciel, laissons nos griefs personnels de côté. Il est indispensable qu'Alice voie un médecin. Il faut qu'elle suive un régime et qu'elle se fasse faire des analyses. (En reculant, il mit le pied sur un débris de porcelaine qui craqua sous son talon.) Mais que diable a-t-elle mangé aujourd'hui ? Est-ce qu'elle a déjeuné ?

Sa voix monta d'un ton et elle comprit soudain ce qu'il voulait dire et pourquoi sa voix avait pris des inflexions dramatiques.

— Fielding, ne devinez-vous pas ce qui lui arrive ou alors pratiquez-vous la politique de l'autruche ?

— Il se trouve que je suis un profane, et non pas un médecin de campagne qui officie dans les arrière-cours. Voulez-vous me faire le plaisir de partir, s'il vous plaît ?

Elle ouvrit les yeux et poussa un gémissement. Harry se tenait penché au-dessus d'elle.

— Alice, murmura-t-il en bougeant à peine les lèvres.

— Je comprends, souffla-t-elle. J'aurais dû m'en rendre compte plus tôt. Ne vous inquiétez pas, à partir de maintenant je serai prudente.

— Je dois m'en aller. (Dévoré par l'inquiétude et le désespoir, il ne pouvait détacher ses yeux du visage d'Alice.) Promettez-moi d'appeler quelqu'un d'autre pour avoir son avis.

— Je vous le promets.

— Sortez ! dit Andrew.

Il s'en alla sans se retourner et elle remarqua que, pour une fois, il ne se tenait pas voûté. Quand la porte fut refermée, elle se renversa sur le canapé, le visage ruisselant de larmes.

Maintenant que sa colère était tombée, Andrew se tenait près d'elle sans rien dire, les yeux baissés, presque honteux. Il s'attendait apparemment à ce qu'elle lui fasse des reproches mais elle ne pensait à rien d'autre qu'aux paroles de Harry qui prenaient à présent une terrible résonance.

Mais que diable a-t-elle mangé aujourd'hui ? Il faut qu'elle se fasse faire des analyses. Ne devinez-vous pas ce qu'elle a ou alors pratiquez-vous la politique de l'autruche ?

Harry était médecin. Harry avait vu, il avait deviné à ses symptômes de quoi elle souffrait.

Cela aurait dû être une surprise mais cela n'en était pas une. Inconsciemment, elle l'avait toujours su et cela expliquait la peur grandissante qui s'emparait d'elle à chaque fois qu'elle était prise de nausées. Les spasmes de douleurs lui étaient arrivés à chaque nouvelle étape de son enquête, ou plutôt juste avant qu'elle franchisse une nouvelle étape. La personne qui avait tué Nesta avait peur, elle avait tellement peur qu'elle était prête à lui faire du mal, à la tuer, même, pour éviter que la vérité n'éclate au grand jour.

Harry aurait pu l'aider mais Harry avait été écarté. Même s'il était resté, il n'aurait rien pu faire. Dans un éclair de lucidité, elle revit la scène, juste avant qu'elle ait bu sa tasse de thé. Tout en bavardant, Hugo et son oncle n'avaient cessé de la regarder, comme s'ils attendaient quelque chose. Quelqu'un avait versé le thé avant qu'elle arrive. L'un des deux aurait pu... Oh ! c'était horrible ! Elle n'allait quand même pas laisser Harry faire des analyses, identifier le poison — arsenic ? strychnine ? — et accuser ensuite son oncle ou son frère de tentative de meurtre. Non ! Ce n'était pas possible. Pourtant, Andrew lui avait dit que son oncle donnait de l'argent à Nesta. Une pension, peut-être ? Et s'il s'agissait d'un chantage ? Quant à Hugo, il avait avoué qu'il avait eu une brève aventure avec Nesta, mais peut-être qu'elle n'avait pas été aussi insignifiante qu'il voulait bien le laisser croire et qu'il aurait fait n'importe quoi pour que Jackie ne l'apprenne pas.

— Bell, nous allons faire venir un autre médecin, dit enfin Andrew, quelqu'un qui connaisse vraiment son affaire, un spécialiste.

— Je ne sais pas. J'ai si peur, Andrew.

Ce n'était peut-être ni l'un ni l'autre. D'autres hommes avaient fréquenté Nesta. Est-ce que cela n'avait pas été bizarre, la façon dont Mr Feast avait insisté pour qu'elle prenne les yaourts ? Il savait qu'elle était la seule à la maison à en manger. Mais pourquoi penser maintenant aux conséquences, à l'intrusion de la police dans sa maison, aux questions qu'on lui poserait, au procès où elle viendrait témoigner, alors qu'il s'agissait simplement de sauver sa propre peau ?

Peut-être qu'il était trop tard. Peut-être que les effets du poison étaient irréversibles et qu'elle n'avait plus aucune chance de s'en sortir. Comme pour confirmer ses pensées, une douleur lui déchira la poitrine et se propagea dans le reste de son corps avec une lente fluidité, et, tandis qu'elle gémissait et qu'elle serrait ses bras engourdis contre elle, elle crut déceler la présence de la mort qu'elle concrétisa sous la forme d'un visage grimaçant.

— Si je meurs, Andrew... Non, écoute-moi, dit-elle, coupant court à ses reproches. Si je meurs, tout sera à toi. Cette maison, les actions dans l'Entreprise et ce qui est à la banque. J'ai fait un testament après notre mariage. Je t'ai tout laissé.

— Qui parle de *mourir ?* On ne meurt pas d'une intoxication alimentaire, mon ange. Tu es si fatiguée que tu ne sais plus ce que tu dis.

Si seulement elle pouvait se lever, les rappeler tous et leur crier qu'ils avaient tort, on ne peut plus tort, s'ils pensaient qu'elle voulait encore retrouver Nesta. Tout ce qu'elle voulait, c'était retrouver la paix, la vie normale de la semaine passée, un corps qui n'avait pas à lutter contre quelque chose de trop fort pour lui.

— Ne me laisse pas, dit-elle. Reste avec moi.

— Bien sûr que je vais rester. Essaie de dormir, maintenant.

Il fit alors une chose curieuse. Du bout des doigts, il lui effleura les paupières et elle ferma docilement les yeux. Ce ne fut qu'après, au moment où elle allait sombrer dans un sommeil réparateur, qu'elle se rappela que l'on faisait ainsi pour fermer les yeux des morts.

11

Le spécialiste viendrait demain. Cela faisait trois jours qu'elle était au lit et il lui semblait qu'il ne s'était pas écoulé une heure sans qu'elle ne se soit repassé l'entretien qui allait suivre, bien qu'elle n'eût pas encore décidé de ce qu'elle allait lui dire. Son implication dans un crime, même si elle n'en était que la victime, lui semblait dégradante et elle se sentait atteinte par les éclaboussures d'un monde qui lui faisait horreur. Elle imagina le dégoût qu'elle lirait sur le visage du grand médecin quand il apprendrait la vérité.

Il faisait frais dans la chambre — elle avait laissé les fenêtres ouvertes jour et nuit malgré le vent — mais il lui semblait que l'air était rempli de miasmes. Le poison s'était infiltré partout : dans l'atmosphère, dans l'esprit de quelqu'un et dans son propre corps. Elle avait choqué Andrew en refusant de manger toute chose qui n'ait été préparée par lui ou par Pernille, mais il avait été plus choqué encore quand elle avait refusé de lui dire pourquoi.

— Je ne veux pas les voir, je ne veux rien recevoir d'eux, disait-elle sans arrêt.

— Mais tu devrais au moins voir Jackie. Elle

t'a préparé un gâteau et elle t'a apporté un magnifique bouquet de fleurs.

Elle s'était dressée dans son lit, prise d'un accès de rage incompréhensible, et Jackie était repartie, blessée et indignée, laissant derrière elle un bouquet de chrysanthèmes, dont les pétales frisottés ressemblaient à des petites perruques blondes. Alice avait toujours aimé les fleurs. et elle avait dit à Pernille de les mettre dans un coin de la pièce. Bien que leur parfum ne parvînt pas jusqu'à elle, son regard ne pouvait les éviter. Elles lui rappelaient ces grandes fleurs sombres avec lesquelles Nesta confectionnait des couronnes mortuaires en hiver. Elle imagina Nesta dans son atelier, avec son chignon gros comme une fleur géante, réplique exacte des chrysanthèmes qui l'entouraient.

Assise dans son lit, Alice passa l'après-midi à lire, ne retenant qu'un mot sur dix, mais continuant de tourner les pages pour faire bonne figure. Cependant, elle ne pouvait empêcher son regard de vagabonder vers le coin de la pièce où se trouvait le vase. Quelquefois, son corps semblait se cristalliser en bloc de glace lorsque, alertée par un bruissement, elle voyait bouger les douze têtes dorées sous la caresse du vent.

— Quand va-t-il venir ? ne cessait-elle de demander à Andrew, car elle espérait et redoutait à la fois l'arrivée du spécialiste.

— Sir Omicron Pie ? (Andrew l'appelait toujours comme ça, affectant d'oublier son nom et lui donnant à la place celui d'un éminent médecin, héros de l'un de ses romans favoris.) Demain, à 15 heures. On ne peut pas le convoquer sur un simple coup de fil comme n'importe quel charlatan de village, dit-il avec une moue dédaigneuse. Comment te sens-tu, ce matin ?

— Je ne sais pas, dit-elle, mais j'aimerais pouvoir te le dire.

Jusqu'ici ses malaises n'avaient été que physiques, mais il s'était opéré en elle un changement subtil depuis quelque temps. Ses crises de dyspepsie ressemblaient de plus en plus à celles qui accompagnent une névrose phobique. Tant de choses pouvaient les provoquer. La voix de son oncle qui débarquait à l'improviste dans le hall pour demander de ses nouvelles, les reflets mordorés d'une fleur au crépuscule, ses propres pensées lorsque celles-ci revenaient sur la femme morte. Mais quelquefois, elles pouvaient se déclarer sans qu'on les provoque, la plupart du temps le soir ou au réveil, et elles prenaient dans ces cas-là de telles proportions qu'elle savait qu'elles n'étaient pas dues à des troubles mentaux.

— Pernille, dit-elle quand la jeune fille vint lui apporter son déjeuner, voulez-vous enlever ces fleurs ?

N'ayant qu'une vague idée de ce qu'elle avait lu, elle tourna la dernière page du second volume de la série. Quand Pernille posa le plateau sur ses genoux, Alice remarqua la jolie robe bleue, les gants blancs et les escarpins noirs et brillants. Pendant un instant, la vue de ces petites chaussures pointues lui rappela tellement Nesta qu'elle se rejeta en arrière, ressentant comme une présence parfumée et languissante autour d'elle et captant une voix lointaine qui murmurait des paroles sur un ton triste mais pressant. Puis recouvrant ses esprits, elle demanda d'un air faussement enjoué :

— Vous sortez ?

— C'est ma journée de libre, Mrs Fielding, dit Pernille en soulevant le vase.

— Qu'est-ce que vous allez faire de beau ?

Elle ressentit comme une petite pointe d'envie en la voyant si libre, si joyeuse, si éclatante de santé.

— C'est aujourd'hui que mon frère arrive pour ses vacances et je vais aller le chercher à l'aéroport. (Ses yeux pétillaient de joie au-dessus des fleurs inclinées.) Je suis tellement contente de le revoir.

— Je vous comprends. Vous pouvez rentrer tard, si vous voulez.

— Quand je pense que je ne l'ai pas vu depuis un an ! (Elle hésita une seconde, puis elle se lança :) Knud habitera chez un ami qu'il a connu à l'université et...

— Oui ?

— Mr Fielding a dit que je peux sans doute rentrer que demain matin, mais vous êtes malade, alors...

— Oh ! mais bien sûr, restez avec votre frère jusqu'à demain matin. (Une autre idée germa dans son esprit :) Écoutez, pourquoi ne prenez-vous pas deux ou trois jours de repos ? Mr Fielding s'occupera de moi.

— Oh ! vous êtes un ange !

Que pouvait-elle faire d'autre pour la remercier de la laisser seule avec Andrew ?

— Passez-moi mon sac, voulez-vous ?

Elle fit claquer l'élastique sur les billets qui glissèrent entre ses doigts comme les pages d'un livre. Le visage de Pernille s'enflamma et elle saisit avidement les coupons verts. « Elle doit être trop émue pour me remercier », pensa Alice en la voyant disparaître dans un éclair bleu et doré.

Ce ne fut que lorsqu'elle fut partie qu'Alice se souvint de ce qu'elle voulait lui demander : « Voulez-vous descendre me chercher ce livre de Mr Fielding qui s'appelle *Phinéas Finn* ? » Ce n'était pas grave. Elle irait le chercher elle-même.

Pernille avait laissé la porte de sa chambre grande ouverte. Celle-ci était bien rangée malgré les signes d'un départ en catastrophe. Une écharpe froissée traînait sur la table de chevet. À côté, elle vit quelque chose qu'elle avait déjà remarqué, sans lui donner de signification particulière : une petite bouteille en verre de couleur marron. Elle avait vu Nesta avec cette même bouteille la nuit où elle était morte. « Cela ne veut rien dire, absolument rien dire », se dit-elle tandis que la bouteille prenait dans son esprit des proportions gigantesques, remplissant tout l'espace de la chambre comme une tour de verre ambré aux parois étincelantes. Pernille avait souffert du mal du pays... Elle tourna brusquement les talons et ferma la porte.

Bien que ce fût le début de l'après-midi, le hall était déjà plongé dans la pénombre. Les volets d'une ancienne fenêtre à guillotine grincèrent sur leurs gonds et une porte claqua. Alice n'avait pas vraiment froid, mais les soupirs et les mugissements du vent la firent frissonner. La cuisine lui parut impeccablement propre... et déserte. Bien sûr, ce n'était pas la première fois qu'elle se retrouvait toute seule dans cette pièce, mais rarement quand il n'y avait personne d'autre dans toute la maison. Elle rit tout haut pour se rassurer mais elle se demanda aussitôt, en entendant l'écho de sa propre voix, pourquoi elle avait fait tout ce bruit alors qu'il n'y avait qu'elle ici.

Pernille n'avait pas fermé la porte de derrière. Alice donna un tour de clef. Elle voulait être seule, n'est-ce pas ? Pourvu que personne n'ait la mauvaise idée de lui rendre visite sous le prétexte de la distraire de sa maladie.

Le livre, maintenant. Elle traversa le salon à pas feutrés et s'approcha des étagères qui encadraient la cheminée. Andrew possédait la collection complète de Trollope qui occupait la troisième étagère en partant du haut. Oui, la série « religieuse » était bien là — à force d'en entendre parler, elle en connaissait les titres par cœur —, mais à l'endroit où aurait dû se trouver la série « politique », il n'y avait qu'un grand espace vide, juste une planche de bois poli et un pan de mur recouvert de papier peint. La plupart des livres de cette série étaient dans sa chambre mais où se trouvaient donc les deux volumes de *Phinéas Finn* ?

Le soin qu'apportait Andrew dans le rangement de ses livres confinait à la maniaquerie. Il était peu probable qu'il ait mélangé les deux précieux volumes avec les romans contemporains ou les recueils de poésie sur les autres étagères. Elle vérifia quand même, murmurant les titres pour elle-même tandis que ses doigts effleuraient les reliures. Mais les deux livres n'étaient pas là. Et pendant tout ce temps où elle les avait cherchés, elle avait su qu'elle n'allait pas les trouver. Les couvertures marron glacé gravées de lettres bleues étaient trop reconnaissables pour qu'elle ne les remarquât pas au premier coup d'œil.

Il n'aimerait pas qu'elle touchât les éditions originales. Elle s'approcha cependant de l'ancienne bibliothèque qu'elle lui avait offerte pour les ranger. Ces livres verts et dorés, retranchés derrière leur rempart vitré, n'auraient suscité l'intérêt que d'un bibliophile. La clef était sur la serrure mais elle avait été tournée. Les livres semblaient dire : « Ne me touchez pas ».

Peut-être que les exemplaires manquants étaient dans la salle à manger ou dans le petit salon, qu'ils utilisaient rarement parce que les arbres du verger empêchaient la lumière d'y entrer. Andrew y allait quelquefois pour lire, seulement pour lire. Au moment où elle s'approcha de la porte, un bruit la fit sursauter. C'était une sorte de ronronnement à la fois lointain et distinct, entrecoupé de craquements secs.

Elle était pourtant seule dans la maison. Ses nerfs, déjà mis à rude épreuve par la découverte de la bouteille, la porte ouverte et les livres disparus, étaient maintenant à fleur de peau.

Les craquements continuèrent, déchirant ses tympans aussi fort que des hurlements. Elle ouvrit la porte de la cuisine d'un coup de pied et retint son souffle. Puis elle secoua la tête d'un air agacé et poussa un soupir de soulagement.

— Pauvre folle ! dit-elle à voix haute, car le bruit qui l'avait effrayé provenait seulement du réfrigérateur dont la pompe fonctionnait bruyamment une fois par heure afin de réduire la température.

C'était sûrement ce bruit qu'elle avait entendu l'autre nuit. Comment avait-elle pu confondre ce bruit si familier avec celui d'une machine à écrire ?

Le petit salon était vide. Aucun placard, bureau ou commode pouvant dissimuler un livre ne venait l'agrémenter. Elle alla dans la salle à manger. Une froide lumière hivernale tombait à l'oblique par la porte-fenêtre. Alice se sentit soudain plus à l'aise. Après tout, ce n'était qu'un jour de novembre ordinaire, et elle se trouvait toute seule chez elle, légèrement angoissée comme l'aurait été une autre femme dans la même situation.

Les livres restaient introuvables. La seule explication était qu'Andrew les avait emportés avec lui au travail. Elle ouvrit les tiroirs du buffet mais vit seulement les couverts en argent dans leur écrin de velours, le linge de table et leurs deux ronds de serviette gravés de la même initiale A. Elle jetterait donc son dévolu sur un journal ou un magazine. Il y en avait toute une pile sur un tabouret. Elle tria rapidement les exemplaires du dessus et, voulant en faire deux tas distincts, laissa échapper deux lourds volumes qui tombèrent sur le sol en même temps que des feuilles blanches et du papier carbone.

Des couvertures marron glacé et bleu, un petit dessin au trait représentant des hommes barbus réunis autour d'une table... *Phinéas Finn,* volumes Un et Deux. Comment se faisait-il qu'Andrew, d'habitude si soigneux, les ait cachés là ? Non, bien sûr, il était absurde de penser cela. Il avait dû les laisser sur la table, dans l'intention de les lui monter, mais il les avait oubliés et Pernille, pressée de partir, les avait mis sous les magazines.

Elle prit les livres sous son bras et se dirigea vers la fenêtre. Forteresse imprenable et lugubre, à l'image de son vieux propriétaire, *Vair Place* semblait la regarder d'un air de reproche. En contemplant les murs en brique rouge et les parements de ciment blanc battus sans relâche par les branches des arbres, elle se demanda s'il était possible que son oncle ait voulu lui faire autant de mal. Son oncle ou son frère ? Quand le spécialiste viendrait demain, il serait trop tard pour arrêter les mécanisme d'une procédure judiciaire. Ils seraient interrogés, tous les hommes qu'avait connus Nesta seraient interrogés...

Tous les hommes ? Une nouvelle vague d'angoisse l'assaillit, qui n'avait rien à voir avec Hugo ou Justin. Puis, comme une lumière douce venant éclairer les recoins sombres de son esprit, il lui vint à l'esprit une idée à laquelle elle avait déjà pensé quand elle parlait avec Pernille. Pourquoi ne partirait-elle pas avec Andrew ? Puisque rien ne les retenait à Salstead, pourquoi resteraient-ils dans un endroit qu'ils ne pouvaient plus supporter ni l'un ni l'autre ?

Elle monta dans sa chambre en rêvassant, rabattit les couvertures et se glissa dans son lit. Il était ridicule d'avoir passé tout ce temps à chercher un livre alors qu'elle était maintenant trop fatiguée pour lire. Elle allait dormir un peu pour être fraîche et dispose lorsqu'Andrew rentrerait.

— Prendrez-vous du lait dans votre thé, miss Whittaker ?

Elle se mit à rire, délivrée, follement heureuse de se retrouver seule avec lui. En y réfléchissant, il lui semblait que cette vilaine affaire avait commencé à l'heure du thé et qu'elle allait se terminer maintenant, à l'heure du thé.

— Andrew, et si nous partions d'ici ? Pour toujours, je veux dire ? Qu'est-ce que tu en penses ? J'ai pensé à tout. Nous pourrions nous en aller demain.

— Mais c'est demain que tu dois voir sir Omicron Pie.

— On pourrait annuler le rendez-vous, tu ne crois pas ? Je suis sûre que j'irais bien mieux si je pouvais seulement m'en aller d'ici.

— Mais qu'est-ce que nous ferions de Pernille, Bell ?

— Je... Oh ! je lui donnerais six mois de salaire. De toute façon, elle meurt d'envie de rentrer chez elle. Son pays lui manque terriblement. Chéri, nous n'aurions qu'à faire nos bagages et nous partirions à l'hôtel ou autre part...

Il ne la regardait plus. Ses yeux détaillaient le dessus-de-lit en soie, le tapis moelleux et épais, le service en porcelaine sur le plateau. Ils avaient une expression tellement étrange que, pendant un instant, elle ne sut dire s'ils exprimaient la joie ou la déception. Il serrait les poings si fort que des taches blanches étaient apparues sur ses phalanges.

— Andrew...

— Quand nous nous sommes fiancés, commença-t-il lentement, je suis venu ici passer un week-end. (Il s'éclaircit la voix et continua prudemment.) Quand je suis revenu la deuxième fois, j'avais l'intention de te dire que je voulais t'emmener avec moi, Bell, que je ne pouvais pas travailler à Salstead. Mais, dès mon arrivée, tu m'as conduit dans cette maison. Tu me l'as fait visiter et tu m'as dit que nous allions habiter ici. Ton visage rayonnait comme celui d'une petite fille qui montre sa maison de poupée et je n'ai pas eu le cœur de te gâcher ta joie. Ensuite, nous avons déjeuné avec ton oncle. Lui, par contre, n'avait pas le visage radieux d'un petit garçon. Je connais les enfants, Bell, ils ont tenu une place importante dans ma vie... (Elle voulut parler mais il l'arrêta d'un geste de la main.) Il m'a servi du sherry. Mon Dieu, il était aussi sec qu'un coup de trique, et moi qui ne l'aimais que sucré ! Mais il ne pouvait pas le savoir vu qu'il n'avait même pas demandé mon avis. Ensuite, il a dit — disons plutôt qu'il a aboyé — : « Il va falloir vous caser quelque part dans l'Entreprise. J'imagine que vous ne gagnez pas plus de cinquante livres par semaine, n'est-ce pas, dans cette école où vous travaillez ? » Ensuite, je me rappelle m'être retrouvé à cette énorme table avec Kathleen qui se penchait par-dessus mon épaule pour me servir des asperges.

— Oh ! Andrew, je ne savais pas... Je ne pouvais pas deviner que c'était aussi terrible que ça !

— Je me suis souvent demandé quel effet cela faisait d'être un roturier marié à une jolie princesse. Oh ! c'est très agréable de faire partie du grand monde, mais je t'avoue que ma fierté en a pris un coup lorsqu'un jour, à l'usine, le contremaître a fait un lapsus et m'a appelé Mr Whittaker.

— Comment as-tu pu le supporter ? Pourquoi ne m'as-tu rien dit ?

Il prit sa main et lui demanda presque durement :

— Tu ne devines pas ?

Elle hocha simplement la tête, trop honteuse pour répondre.

— Est-ce que tu parlais sérieusement quand tu disais que nous pourrions partir pour toujours ?

— Bien sûr. C'est ce que je souhaite plus que tout au monde.

Elle s'attendait à ce qu'il l'embrassât. Au lieu de cela, il lui tapota la main d'un air absent et s'éloigna d'elle. Il avait l'air hébété d'un homme qui, apprenant une grande nouvelle, en reste muet d'émotion.

Il allait garer la voiture, avait-il dit. Puis il irait voir ce que Pernille avait laissé pour le dîner et il lui monterait un plateau. À moins qu'elle ne se sente assez en forme pour descendre. Il pourrait même faire un feu dans la cheminée.

Quand il fut parti, elle se rappela ne pas avoir touché le thé qu'il lui avait servi. Il était presque froid, et une pellicule s'était formée à la surface, mais elle l'avala quand même. Elle l'entendit ouvrir la porte du garage et mettre le moteur en marche. Que disait Mrs Johnson quand elle était petite ?

« Une chose est sûre, c'est que je ne me sens jamais dans mon assiette quand le thé a un drôle de goût. » Elle reposa la tasse et ramassa le premier volume de *Phinéas Finn* qu'elle avait posé sur le plancher à côté du lit.

Tout à coup, la maison parut très silencieuse et sans vie. Un bruit qui avait fait partie de son existence depuis une semaine avait cessé. Puis elle comprit. Pendant qu'elle dormait, le vent était tombé.

Pendant un moment, se sentant légèrement barbouillée, elle garda le livre fermé entre ses mains. La couverture bleu et marron était légèrement déchirée. Elle demanderait à Andrew de lui apporter du ruban adhésif quand il monterait la voir.

S'ils devaient vraiment partir demain, il fallait qu'elle fasse un effort pour ne pas végéter toute la journée dans son lit. Cela ferait plaisir à Andrew de la voir lire. Il comprendrait qu'elle commençait à se détendre, à penser à autre chose qu'à sa propre santé.

Comment ces femmes victoriennes pouvaient-elles être attirées par des hommes portant une barbe et des favoris ? Elle contempla en souriant les délicats dessins d'Huskinson. L'un d'entre eux représentait une femme en crinoline posant devant une demeure de style gothique, un autre, une scène de chasse particulièrement réaliste. Les images étaient amusantes mais le texte avait l'air trop axé sur la politique. Allait-elle vraiment s'intéresser à ces histoires d'élections et de réforme irlandaise ? Et puis les illustrations étaient peu nombreuses et le texte très long : près de 360 pages pour le premier volume. Elle soupira, regrettant qu'il n'y ait pas plus d'images et de dialogues.

Blottie dans la chaleur de son lit, elle parcourut la table des matières. Les titres des chapitres ne l'inspiraient pas beaucoup. *Phinéas Finn au Parlement, Dîner chez Lord Brentford, Le Nouveau Gouvernement, Perspectives automnales.* Elle commençait à s'assoupir lorsqu'elle se redressa brusquement sur son lit, totalement éveillée, et se frotta les yeux en rapprochant le livre pour mieux voir.

Non, c'était impossible. C'était un mauvais rêve, une hallucination. Elle ferma les yeux mais, effrayée par l'obscurité et les battements de son cœur qui résonnaient dans sa tête, elle les ouvrit pour regarder encore une fois. Sur la page ouverte, parmi les titres se diluant devant ses yeux pour ne plus former qu'une mare d'encre, se détachaient quatre mots imprimés en italique : *La forêt de Saulsby.*

12

Une bouffée de chaleur moite, comparable à celle que dégage un fourneau, lui monta au visage tandis que ses oreilles bourdonnaient de plus en plus fort. Puis une sueur froide la recouvrit de la tête aux pieds comme une seconde peau.

Saulsby.

Elle regarda de nouveau la page et les caractères se mirent à danser devant ses yeux. Cela ne servait à rien de les fixer avec autant d'intensité. Croyait-elle pouvoir leur jeter un sort pour qu'ils se transforment en d'autres mots ?

Saulsby. Elle ferma en même temps les yeux et le livre. Son corps était trempé, ruisselant de sueur, et ses doigts avaient laissé des empreintes humides sur la couverture.

Les noms des maisons de Chelmsford Road existaient vraiment, mais *Saulsby* n'existait pas. C'était un nom imaginaire inventé par un auteur. Ce livre n'était pas un roman populaire que tout le monde avait lu. C'était un livre obscur, inconnu du grand public. Seul un spécialiste, un passionné de littérature pouvait s'y intéresser. La vitesse à laquelle s'enchaînaient ses pensées l'effraya. La folie n'est pas loin qui guette celui... Elle se prit la tête entre les mains.

D'autres personnes à Salstead à part... oui, à part Andrew pouvaient l'avoir lu. Elle commença à se sentir de plus en plus mal. « Essaie d'être détachée, se dit-elle, essaie de faire abstraction de toi-même et de considérer la situation comme le ferait un étranger. » Mais qui savait mieux que lui son intention de faire paraître une annonce ? Habitant *Vair House,* il avait été aux première loges pour suivre le déroulement de toute l'affaire.

« Tu n'as aucune preuve, pensa-t-elle. C'est ton mari et c'est aussi l'homme que tu aimes. » Elle se rappela le jour où elle était revenue d'Orphingham. Elle avait remonté l'allée et elle l'avait vu par la fenêtre qui lisait ce livre. Ne lui avait-il pas ensuite montré la couverture en disant qu'elle était déchirée ? Tout avait commencé à l'heure du thé et finirait à l'heure du thé... Il lui avait demandé le nom de la maison de Nesta.

— *Saulsby.* J'ai noté l'adresse dans mon agenda. Je vais aller le chercher.

— Ne te dérange pas. Je sais que tu ne fais jamais ce genre d'erreur.

Dix minutes plus tôt, il lisait ce livre. Peut-être même lisait-il ce nom.

Mais comment avait-il fait, et qu'avait-il fait exactement ? Dans toutes les théories qu'elle avait élaborées sur la disparition de Nesta, elle n'avait jamais été capable de mettre un visage convaincant sur l'amant qui se faisait passer pour Mr Drage. Elle avait été stupide de soupçonner Oncle Justin, Hugo ou Mr Feast. Comment aucun d'eux aurait-il pu aller à Londres tous les week-ends ? Andrew le pouvait, lui, pendant cette période précédant leur mariage où ils avaient été séparés l'un de l'autre par une centaine de kilomètres. Andrew. Le choc de cette révélation avait annihilé toute souffrance. Elle avait maintenant l'impression d'avoir reçu un coup de couteau en plein cœur.

Une partie de son esprit agonisait, blessée à mort, tandis que l'autre restait étonnamment claire et analytique. Cela avait été un jeu d'enfant pour un homme aussi intelligent qu'Andrew. Quelqu'un avait donné des tranquillisants à Pernille — la petite bouteille marron qui se trouvait dans sa chambre. Rien ne ressemble plus à un cachet qu'un autre cachet. Quand ils étaient montés ensemble voir Pernille, et que Nesta lui avait demandé de l'aspirine, il avait été facile de lui donner deux comprimés — ou trois — de cette bouteille. Et Andrew savait qu'ils allaient manger du fromage. « Seulement quatorze morts », avait dit le jeune inspecteur, un sur cinq cent mille habitants. Mais il avait dit aussi que ce mélange particulier faisait monter la tension artérielle. Supposons que la tension de Nesta ait déjà été élevée ? Elle réalisa, consternée, que tous les faits accablaient Andrew. Oh ! Andrew, Andrew... Elle mordit le drap pour ne pas pleurer.

Il avait fait cela pour elle. Il avait tué Nesta pour l'empêcher de dévoiler leur liaison. L'avait-elle menacé cette nuit-là d'aller tout raconter à sa femme ? Pouvait-elle encore l'aimer, en sachant ce qu'il avait fait ?

Il devait l'avoir aimée plus que Nesta. Ce qu'il avait éprouvé pour Nesta n'était pas de l'amour. Mais supposons qu'il l'ait aimée, que sa tentation pour l'argent et pour une belle situation ait été plus forte ? Il avait parlé de prince consort et de Bottin mondain, mais il ne l'avait peut-être épousée que pour cela. Plutôt que de perdre ces privilèges, il aurait fait — et avait fait — n'importe quoi. S'il m'aime pour mon argent, pensa-t-elle avec tristesse, c'est parce que je *suis* cet argent. Je suis ce que cet argent m'a faite. Il fait partie intégrante de moi, on ne peut m'en dissocier. Une femme peut aimer un homme parce qu'il est riche et puissant. Le principe reste sûrement valable quand les rôles sont inversés.

Elle ne lui ferait jamais comprendre qu'elle savait la vérité. À chaque heure, chaque minute, elle y penserait. Mais pas toujours. Le temps effacerait ses blessures. Au bout de quelques années, elle serait peut-être capable de ne plus y penser plusieurs jours d'affilée. Pour le moment, il fallait qu'elle se reprenne en main et qu'elle s'apprête à faire bonne figure pendant le dîner.

Le dîner... Ces mots provoquèrent une autre bouffée de chaleur et elle sentit la sueur lui couler le long du dos. Les frissons qui la secouèrent ensuite firent vibrer le lit et la tasse de thé. Il lui avait apporté ce thé et il s'était penché vers elle en souriant. Un homme pouvait sourire et tuer avec le sourire. Il avait commis un meurtre parce qu'il l'aimait. Elle rejeta les draps et se rua hors du lit en claquant des dents. Son raisonnement ne tenait pas debout. L'homme qui avait tué Nesta avait aussi essayé de la tuer. Le meurtrier de Nesta avait essayé de tuer ou au moins de neutraliser la femme qui le recherchait.

Des chocolats, un yaourt, un flan aux œufs, une compote... Quelle idiote elle avait été ! Personne de l'extérieur n'aurait osé empoisonner des plats que n'importe qui ici pouvait manger. Mais Andrew lui avait apporté lui-même ses repas, sachant que personne d'autre ne les toucherait.

Elle se jeta contre la porte et ses mains moites

glissèrent sur la poignée. Son cœur se souleva à nouveau tandis que, pliée en deux sous la douleur, elle se rappelait le goût amer du thé. Et si elle mourait cette nuit ? Harry avait été écarté après une querelle savamment orchestrée. Dans sa naïveté, elle avait même demandé à Andrew de décommander le rendez-vous avec le spécialiste.

Pernille était partie. C'était Andrew qui, en premier, lui avait donné congé jusqu'au lendemain matin, pour pouvoir rester seul avec sa femme.

— Je dois m'en aller, dit-elle à haute voix, il faut que je m'en aille.

Mais le mal subsistait, se répandant dans tout son corps avec une lenteur insupportable. On aurait dit qu'il s'était engouffré par sa bouche, qu'il avait glissé le long de son œsophage pour aller se nicher dans ses jambes où il commençait son lent travail de paralysie. Elle tituba jusqu'à la fenêtre et écarta violemment les rideaux. La lumière du salon éclairait faiblement l'allée humide de pluie. Les lauriers et les chênes verts, de nouveau tranquilles après une semaine de turbulences, dressaient leurs têtes immobiles. Dieu merci, Oncle Justin était chez lui.

Elle s'habilla avec difficulté car ses mains tremblaient. Elle n'avait pas le temps de faire ses nattes. Elle attrapa ses cheveux et les tordit en chignon qu'elle maintint sur la nuque en plantant des épingles au hasard. Un manteau, maintenant. Il devait faire froid dehors, à cette heure. Elle enfila son manteau de fourrure et mit les mains dans ses poches pour se réchauffer. Ses doigts accrochèrent la surface d'un papier : l'enveloppe de Nesta avec le timbre au tirage limité. Ce contact lui remémora son humiliation au poste de police.

S'il la voyait dans l'escalier, il essaierait de l'arrêter.

Qu'est-ce que tu fais, Bell ?

Plus personne ne l'appellerait ainsi. Pour toujours, elle associerait ce diminutif au sourire subtil et à la douceur feinte d'un empoisonneur. Un petit cri de souffrance lui échappa.

Mais il était inutile de penser à cela maintenant. Elle aurait toute la vie pour ce faire. Pour le moment elle devait sortir d'ici. Elle ouvrit la porte sans faire de bruit. Toute la maison était éclairée. Elle descendit les marches aussi vite que ses jambes pouvaient la supporter. La porte d'entrée. Pourrait-elle atteindre la porte d'entrée sans qu'il l'entende ?

La lumière était allumée dans la salle à manger et elle pensa à la porte-fenêtre donnant sur *Vair Place*. De la cuisine lui parvint un bruit de vaisselle. Elle pénétra dans la pièce et tira les rideaux.

Quelque chose avait changé depuis cet après-midi. Il lui sembla que des objets manquaient ou qu'on les avait changés de place. Elle se tourna vers la table et s'immobilisa tout à coup. Sur la table trônait une machine à écrire. Cinq ou six feuilles de papier étaient engagées dans le rouleau. Elle s'approcha de la machine en tremblant, comme si elle était en face d'un être vivant capable de renseigner son propriétaire sur le moindre de ses mouvements. Les feuilles vibrèrent sous son souffle. Où avait-elle déjà vu des caractères aussi parfaits ? Méthodiquement, comme un détective sur le point de trouver une pièce à conviction, elle sortit l'enveloppe de sa poche.

Les caractères, l'espacement, l'empattement, tout était rigoureusement identique.

Elle ressentit le choc comme une brûlure

superficielle, beaucoup moins vive que celle éprouvée à la lecture du mot *Saulsby.* Ce qu'elle avait sous les yeux ne faisait que confirmer ses soupçons. Avait-il déjà pensé à l'amadouer par un autre moyen que par le poison ? Etait-il sur le point de lui envoyer une nouvelle lettre signée Nesta ? Elle resta plantée devant la machine, complètement tétanisée.

Elle ne sursauta même pas quand elle entendit des pas derrière elle.

— Bell, mon ange !

— Je voulais descendre pour te faire une surprise, articula-t-elle avec effort comme si elle parlait une langue étrangère. (Pourquoi ce rire soudain, ce rire strident qui monte en cascade dans la maison ?) Oui, je voulais te faire une surprise, Andrew.

Était-ce parce que son rire sonnait faux qu'il la dévisageait ainsi ? Ou était-ce parce qu'il avait vu la machine à écrire ? Il arracha d'un geste furtif les feuilles qui dépassaient du rouleau.

Alice était au paroxysme de l'hilarité. Elle ne pouvait plus s'arrêter, bien que le sentiment qu'elle éprouvait se rapprochât plus de la souffrance que du plaisir.

— Ça suffit, Bell, dit-il sèchement. Viens t'asseoir.

Elle fit un tel effort pour ne pas reculer que tout son corps se raidit. Puis elle fut à nouveau prise d'un fou rire nerveux qui s'arrêta net lorqu'il posa ses mains sur ses épaules, à la base du cou, et qu'il la poussa vers le fauteuil.

— Je vais t'aider à t'asseoir.

Elle ne put s'empêcher de tressaillir. Elle se dégagea et son manteau glissa sur ses épaules. Il se pencha pour le récupérer.

— Tu n'en auras pas besoin ici.

Bien qu'elle s'efforçât de rester calme, elle communiqua une partie de sa peur à Andrew. Elle décela dans ses yeux une lueur d'appréhension, mais il se ressaisit aussitôt. Sa voix se fit caressante.

— Tu ne pensais quand même pas partir ce soir ?

— Non. Oh ! non, non, non...

Quand il posa la main sur son front, une main sèche et calme, elle serra les dents et contracta ses muscles. S'il ne la retirait pas immédiatement, elle allait se mettre à hurler.

— Nous allons dîner ici. Je t'ai à l'œil, maintenant. (Alice se mit à claquer des dents.) Qu'est-ce qui ne va pas ?

Son visage s'assombrit et il se détacha d'elle sans la quitter des yeux.

— J'ai si froid.

Il ne lui rendit pas son manteau, qui pendait à son bras comme un animal agonisant, comme une proie qu'il viendrait d'abattre. Elle s'identifia à l'animal et cacha son visage dans ses mains tandis qu'il se dirigeait vers la porte.

— Je vais chercher une couverture pour la mettre sur tes genoux.

Quelques mètres seulement le séparaient du vestiaire. Dès qu'il eut quitté la pièce, elle se leva du fauteuil pour se précipiter vers la porte-fenêtre et tira le verrou en faisant claquer ses phalanges contre les carreaux. Dans la lumière oblique projetée par le lampadaire, elle vit se profiler une ombre démesurée qui annonçait le retour de son mari. Elle n'eut que le temps de se jeter dans le fauteuil auquel elle se cramponna désespérément. Il étendit la couverture sur ses genoux.

— Tu vas rester là, dit-il d'un ton qui n'admettait pas de réplique. Tu ne vas plus bouger, tu m'entends ?

Elle hocha la tête, terrifiée. Ses mouvements de tête prirent une cadence de moins en moins rapide, comme ceux d'une poupée mécanique que l'on a remontée dans le dos et qui finit par s'essouffler.

— Plus vite on aura réglé cette histoire, mieux cela vaudra.

Une fois seulement, elle avait vu cet éclair de haine briller dans ses yeux : le jour où il avait renvoyé Harry.

— Je vais allumer le feu, dit-il d'un air réfléchi.

Il frotta une allumette et les bûches se mirent à flamber immédiatement.

Tout ce qu'il fait, il le fait bien, pensa-t-elle en frissonnant. La flamme claire s'éleva, projetant sur les murs sombres de petits éclats lumineux.

— Je reviens dans un instant.

Elle l'entendit décrocher le combiné dans le couloir et composer un numéro. Il poussa la porte qui se referma après qu'elle eut capté ses premières paroles.

— Je suis bien au cabinet du Dr Welbeck... ?

Il téléphonait au spécialiste pour lui dire de ne pas venir.

Il devait faire terriblement froid dans le jardin. Elle s'enroula dans la couverture et s'approcha de la fenêtre. La clef tourna lentement dans la serrure. Alice étouffa un sanglot, mais ce n'était pas le moment de se laisser aller. La porte s'ouvrit sans un grincement et elle sentit l'air froid et humide s'infiltrer en elle par tous les pores de sa peau.

13

Les feuilles noires et menaçantes ruisselaient de pluie. Elle se fraya un chemin parmi les buissons, protégeant son visage avec ses mains, pour éviter les branches de houx. En passant devant la serre, elle vit dans une tache de lumière projetée par sa propre maison des fleurs jaunes éparpillées sur un tas d'engrais. C'étaient les chrysanthèmes de Jackie. Pernille avait dû les jeter là avant de s'en aller. S'arrêtant pour reprendre son souffle, elle leur lança un coup d'œil à la fois horrifié et fasciné. Chacune des petites têtes frisées et dorées lui rappelait Nesta dont on s'était débarrassée parce qu'elle était devenue gênante.

De toutes les pièces de *Vair House,* seul le hall était éclairé. Elle ne se rappelait pas avoir jamais sonné à la porte d'entrée car elle entrait toujours par-derrière ou par une des portes à deux battants. Elle distingua par la petite fenêtre le tapis flamboyant, les meubles polis et la porcelaine blanche. Elle fut prise d'une irrépressible envie de rire en voyant son visage déformé dans les carreaux de la porte d'entrée.

Ce fut Mrs Johnson qui ouvrit la porte. Alice resta muette de stupeur en la voyant vêtue d'un manteau d'hiver et coiffée d'un chapeau de feutre à l'intérieur de la maison.

— Où est mon oncle ?

— Qu'est-ce qui vous arrive, Madame ?

Curieusement, elle parvint à lui sourire sans difficulté mais elle eut du mal à ne pas lui rire au nez.

— Où est mon oncle ?

— Mr et Mrs Hugo ont invité Mr Whittaker à fêter chez eux leur anniversaire de mariage.

Ce fut un choc soudain et brutal, aussi salutaire qu'une gifle que l'on donne à une personne hystérique pour la calmer. Les gens avaient leurs occupations, leurs loisirs. La vie continuait. Un anniversaire de mariage... Comme c'était drôle ! Elle n'en connaîtrait jamais... Elle s'appuya contre le chambranle de la porte, n'ayant plus du tout le cœur à rire.

Mrs Johnson papillota des yeux en voyant la couverture.

— Qu'est-ce qui vous prend de sortir sans manteau à cette heure-ci ?

— Je vais attendre mon oncle. Quelle heure est-il ?

— Sept heures passées.

Elle se sentit obligée de la laisser entrer.

— C'est à dire... que je m'apprêtais à sortir avec Kathleen pour aller voir mon cousin Norman à Pollington. Mais si vous voulez attendre ici, nous pouvons toujours y aller un autre jour...

Les grosses bottines en daim reculèrent de quelques pas.

— Non, non, pas du tout. Si vous avez prévu de vous amuser, je ne...

— Il n'est pas question d'amusement, Madame, dit Mrs Johnson d'un air choqué. Avec ce pauvre Norman, alité depuis des mois, et Mr Whittaker qui a été si bon pour lui, je pense que c'est le moins que je puisse faire. Dieu sait pourtant que les parents Dawson sont totalement inconscients et que Norman ne l'est pas moins ; mais il est atteint d'une grave maladie...

— Cela ne fait rien...

Elle s'interrompit et visualisa les deux initiales de Norman Dawson : N. D. Oncle Justin avait versé une pension au cousin malade de sa gouvernante. Une autre porte se refermait, une autre énigme était résolue.

— Vous pouvez y aller, bien sûr. J'attendrai toute seule.

— Ici ? Mais Kathleen vient d'arrêter la chaudière pour qu'on puisse la ramoner demain matin. Dans une demi-heure, il fera aussi froid que sur la banquise.

— Cela ne fait rien ! Cela ne fait rien ! s'écria Alice.

Elle pouvait aller chez Hugo. Ce n'était pas loin, à moins de trois cents mètres d'ici. Elle tourna les talons et dodelina faiblement de la tête, épuisée d'avoir parlé. La porte resta ouverte juste assez longtemps pour éclairer son chemin jusqu'à la route. Elle se mit à courir sur le trottoir, trébuchant sur les cailloux et se cognant au passage contre les barrières.

Il n'oserait jamais la poursuivre dans la rue. Non, il n'oserait pas. Si seulement ses jambes étaient moins faibles et le trottoir mieux entretenu.

Son mari voulait la tuer. Il avait tué une autre femme et, parce qu'elle le savait et qu'il convoitait sa fortune, il essayait aussi de la tuer. À quoi bon ressasser tout ça ? Ce n'étaient que des mots, des mots qu'elle avait dû lire dans un livre, il y a longtemps. Mais les faits étaient là, irréfutables, et l'énormité d'une telle situation agissait sur elle comme un anesthésiant. Son mari voulait la tuer. Sa bouche se tordit dans un rictus.

La maison de Hugo était la première d'une série de grandes villas modernes qui s'alignaient le long d'une route de campagne bordée de peupliers. Des lumières filtraient à travers un enchevêtrement de branches d'arbres qui formaient comme une toile d'araignée. Elle allait gâcher la soirée en surgissant comme une folle au milieu d'un groupe de personnes qui s'apprêtaient à porter un toast en l'honneur de leurs hôtes. Comment faire autrement ?

Au moment où elle posa la main sur le portail, les phares d'une voiture balayèrent les arbres du jardin. Le grondement du moteur résonna si fort dans ses tympans qu'elle s'aplatit contre la haie et retint son souffle, s'attendant à voir un train déboucher d'un tunnel. Ce n'était qu'un break de chasse qui l'aspergea de boue au passage. « Voilà ce que doit ressentir un lapin pris dans les phares d'une voiture », pensa-t-elle.

Elle remonta l'allée qui menait à la maison en évitant les ornières et les flaques d'eau. C'était la fin de son parcours du combattant. Dans un dernier sursaut d'énergie, elle s'engouffra sous le porche et tambourina contre la porte.

Elle entendit les pas de Jackie. Dieu merci ! Jackie serait la première personne qu'elle verrait. La proximité d'une présence humaine la ramena à la dure réalité. Andrew avait tué Nesta, Andrew essayait de la tuer... Avant d'affronter le regard des hommes, elle irait se réfugier dans la chambre de Jackie pour se reposer et se calmer. Que ferait-elle après ? Elle n'osait pas y penser.

La porte s'ouvrit brusquement.

— Oh, Jackie, j'ai cru que jamais...

Elle poussa un cri de surprise. Sur le pas de la porte apparut Daphné Feast, tenant Christopher dans les bras.

Des cartes d'anniversaire avaient été disposées sur toute la longueur de la cheminée. Une grande carte, plus originale que les autres, avait été punaisée sur le cadre en bois d'une nature morte. Le miroir lui renvoya l'image d'une paysanne en échevelée, la tête dépassant d'une couverture écossaise. Christopher s'était mis à brailler.

— Ils sont allés au *Bodicea,* dit Daphné. Vous ne le saviez pas ? Je comprends qu'elle n'ait pas voulu faire la cuisine le jour de son anniversaire de mariage !

Le visage dans le miroir sembla s'animer.

— Qu'est-ce que vous faites ici ?

— Du baby-sitting. Et je peux vous assurer que ça ne m'amuse pas des masses. Il pleure toutes les larmes de son corps depuis qu'ils sont partis.

Elle planta l'enfant dans les bras d'Alice en lui disant :

— Voilà, prenez-le un peu. Vous me rendrez bien service.

Par miracle, une chaise se trouvait derrière elle. Alice s'affala dedans sans se retourner. Elle serra l'enfant contre elle, reprenant des forces à son contact. Intéressé par le nouveau visage, il s'arrêta de pleurer. Elle retira un peigne de ses cheveux et le lui donna. Il tripota ses joues mouillées avec sa main libre et caressa celles d'Alice où des larmes de fatigue s'étaient mises à couler. Il rit aux éclats, ravi d'avoir inventé un nouveau jeu.

— Y a-t-il quelque chose à boire ?

Sa voix éraillée lui donna l'impression d'être une alcoolique en manque.

— Je ne sais pas. Ce n'est pas chez moi, ici.

— Il doit y avoir du cognac dans le buffet.

Daphné la regarda avec des yeux ronds comme des soucoupes puis se dirigea vers le buffet et revint avec une bouteille et un verre. Alice reposa Christopher sur le sol et le laissa peigner les franges du tapis. Elle se versa du cognac et le but d'une seule traite. Elle se sentit fondre sous la chaleur réconfortante.

— Vous devriez appeler votre mari pour qu'il vienne vous chercher.

— J'y vais tout de suite, mentit Alice.

Heureusement, le téléphone était dans le hall. Elle ferma la porte au nez de Daphné. Cela faisait près d'un an qu'elle n'avait pas composé ce numéro, mais elle le connaissait par cœur. Elle prit une grande inspiration et attendit qu'il décrochât.

Il y avait sans doute du vrai dans ce que Jackie lui avait dit. Si elle s'était coiffée comme cela depuis des années, si elle s'était maquillée, peut-être que tout cela ne serait jamais arrivé. La coiffeuse de Jackie présentait un large éventail de produits de beauté qu'Alice n'avait jamais pensé à acheter.

Elle se brossa vigoureusement les cheveux mais hésita à se faire des nattes. Pour une fois, elle les releva en chignon souple au sommet du crâne, puis, tout excitée par sa trouvaille, recula d'un pas pour juger de l'effet. Elle se mordit les lèvres et reproduisit la moue boudeuse qu'elle avait vu faire maintes et maintes fois. C'était donc ça l'explication.

Elle commença à se maquiller avec le sentiment de s'adonner à une pratique honteuse. Ses paupières étaient fardées de bleu, ses lèvres peintes en rose brillant. Pour la touche finale, elle redessina ses sourcils avec un crayon brun. La transformation était presque complète.

Elle ne pouvait pas sortir dans la rue drapée dans une couverture de voyage. La garde-robe de Jackie regorgeait de manteaux. Elle se haussa sur la pointe des pieds pour décrocher un manteau en laine bouclée noire et l'enfila sans se regarder dans la glace.

Le décor était planté, le rideau pouvait se lever. Elle ouvrit les yeux et pivota sur elle-même. Oui, c'était exactement ce à quoi elle s'attendait. Nesta Drage avançait à sa rencontre.

Elle s'assit lourdement sur le lit, son euphorie étant retombée sous le choc de la révélation. S'en étaient-ils tous rendu compte, sauf elle ? Était-ce pour cela que Jackie avait dit : « Tu devrais te coiffer comme Nesta » ? Parce qu'il suffisait d'un détail pour qu'elle ressemblât à Nesta ? Son front était plus haut, ses yeux plus grands que ceux de la fleuriste, mais elles avaient la même silhouette épanouie, la même bouche pulpeuse. Malgré sa maladie, elle avait pris des joues, ce qui accentuait leur ressemblance.

Justin Whittaker s'en était aperçu. Son affection pour Nesta était celle d'un oncle admirant chez une jeune femme la féminité que sa propre nièce ne posséderait jamais. Andrew s'en était aperçu. Il l'avait épousée parce qu'elle lui rappelait Nesta. Une douleur aiguë lui déchira le cœur et le miroir lui renvoya le regard mélancolique de Nesta.

La voix de Daphné la sortit de son cauchemar.

— Vous allez bien, Mrs Fielding ?

Elle répondit sur ce ton autoritaire et distingué qui pouvait être le sien :

— J'ai emprunté un des manteaux de Mrs Whittaker. Elle ne m'en tiendra pas rigueur.

Elle éteignit la lumière avant de descendre dans le hall.

— Est-ce que vous n'allez pas attendre Mr Fielding ?

— Je vais aller à sa rencontre.

— Oh, mais dites donc, vous êtes d'un chic !

Si Daphné avait remarqué la ressemblance, elle n'en laissa rien paraître. Son visage exprimait un léger regret, car elle savait qu'elle avait joué un petit rôle dans cette affaire mais qu'elle n'aurait pas le plaisir d'assister au dénouement.

— Vous aviez l'air morte de trouille quand vous êtes entrée, tout à l'heure. J'ai pensé que quelqu'un vous avait suivie dans la rue. C'était un homme, n'est-ce pas, Mrs Fielding ?

— Oui, c'était un homme.

Elle n'avait rien dit à Harry au téléphone. Encore sous l'effet de l'alcool, elle s'était dit que tout s'arrangerait lorqu'il serait près d'elle. Amoureux transi et fidèle, il avait suivi de si près sa relation avec Andrew qu'il avait réussi à percer les véritables desseins de son mari. Il n'attendait plus que l'inévitable pour tenter sa chance. Il l'emmènerait quelque part, et un jour, quand tout serait fini...

Elle descendit la rue de la gare, franchit le pont et passa devant l'Entreprise sans éprouver la moindre peur. Dans un instant, la voiture de Harry apparaîtrait et ferait demi-tour pour s'arrêter à sa hauteur. « Si vous avez des problèmes, Alice, n'importe quel genre de problème, n'hésitez pas à m'appeler, d'accord ? » Mais il était son médecin aussi bien que son ami ; elle ne pouvait pas le compromettre. Pour le moment, elle ne pouvait espérer qu'une oreille attentive, une amitié fidèle que les autres n'avaient pas su lui prouver.

Les choses se passent rarement comme on voudrait qu'elles se passent. Mais juste au moment où elle se disait qu'il allait arriver, sa voiture déboucha de la Grand-Rue et fit demi-tour pour se garer à sa hauteur. Son cœur se mit à battre la chamade comme lorsqu'on tombe amoureux pour la première fois. Tout se déroulait exactement comme elle l'avait imaginé, ce qui acheva de dissiper ses doutes. Comment avait-elle pu le trouver gauche et maladroit ?

Elle attendit d'être assise à côté de lui pour le regarder. La vue de ce grand échalas aux traits grossiers et marqués par la fatigue lui inspira la même répulsion que la dernière fois. Elle ne put s'empêcher de le comparer avec Andrew. Andrew... Le reverrait-elle jamais ? Dans un futur lointain, assise peut-être à côté de Harry comme aujourd'hui, elle apercevrait dans la foule la silhouette élancée d'un homme qui ne serait plus pour elle qu'un étranger.

— Je suis ravi que vous m'ayez téléphoné, dit Harry doucement. Je pensais bien que vous le feriez. Nous avions commencé une discussion, vous vous souvenez, dans la salle de réunion ? Peut-être que nous pourrions la continuer maintenant.

Il parut soudain réaliser qu'il faisait nuit, qu'il avait plu et qu'elle avait marché seule dans la rue.

— Andrew ne vous a quand même pas laissée...

— Je l'ai quitté.

Elle savait qu'il ne serait pas surpris. Depuis le début, il s'attendait à cette séparation. Il s'engagea dans la Grand-Rue sans prononcer une parole. Les feux de signalisation de la nouvelle route éclairaient le ciel d'une lumière orange. C'était comme si toute la ville à l'horizon était en feu.

— Harry, je ne peux pas parler de cela maintenant. Je pensais que j'allais pouvoir le faire juste avant votre arrivée, mais c'est encore trop frais, trop récent. Si vous pouviez simplement me parler, me tenir compagnie, en attendant qu'Hugo vienne me chercher. Je ne veux surtout pas vous embêter, Harry. Peut-être vaudrait-il mieux que j'aille à l'hôtel. Je ne sais plus quoi faire.

Ils passèrent devant *The Bodicea.* Hugo est à l'intérieur, pensa-t-elle, Hugo et mon oncle. Si elle ne pouvait pas en parler à Harry, comment pourrait-elle le dire aux autres ?

— J'aimerais que vous me fassiez confiance, dit Harry dans un souffle. (Elle se mit à pleurer.) Vous vous sentiriez mieux si vous m'en parliez.

Il l'aida à descendre de voiture et lui donna le bras jusqu'à la porte sur laquelle brillait une plaque de cuivre. Dans la salle d'attente, les fauteuils étaient alignés contre le mur, et les magazines étaient soigneusement empilés. Il ne prit pas la peine d'allumer ni de fermer la porte à clef derrière lui.

— Vous pouvez vous allonger là si vous voulez, je vais vous donner quelque chose qui vous calmera.

En pénétrant dans la salle de consultation, elle vit son propre reflet venir au-devant d'elle dans la vitre foncée battue par la pluie. À la vue de la silhouette emmitouflée de noir, elle mit une main devant ses yeux et s'écroula dans un fauteuil. Il se dirigea sans rien dire vers le placard aux médicaments et en sortit deux comprimés qu'il lui donna avec un verre d'eau rempli aux trois-quarts. Il appuya sur l'interrupteur et elle fut aveuglée par la lumière.

— Voulez-vous m'en parler maintenant ? demanda-t-il avec douceur.

Elle avala les comprimés et prit une profonde inspiration :

— Je regrette de vous avoir interrompu, ce jour-là, à l'église. Vous alliez tout me dire, n'est-ce pas, Harry ?

Si seulement elle l'avait laissé continuer au lieu de bondir comme une furie et de s'enfuir, elle aurait su la vérité et n'aurait pas échafaudé des projets pour elle et Andrew, des projets qui l'avaient fait rêver et qui lui semblaient maintenant si dérisoires.

— J'aurais sans doute mieux supporté le choc.

Il parut déconcerté.

— Je ne vous comprends pas très bien, Alice.

— Vous ne vous rappelez pas ? Vous m'aviez dit qu'il ne fallait pas que j'associe Andrew à Nesta.

— Vous ne l'avez pas quitté à cause de *ça* ? dit-il en laissant échapper un rire bref.

Surprise, elle leva la tête vers lui.

— Pour ça... et pour d'autres raisons.

Il s'assit à côté d'elle, subitement alarmé.

— Alice, je ne connais pas les autres raisons — et je ne tiens pas à les connaître — mais je n'avais pas l'intention de faire le procès de votre mari.

— Que vouliez-vous me dire, alors ?

— Je pensais seulement que le moment était venu de vous parler de Nesta Drage. Dieu sait que j'avais su tenir ma langue jusqu'alors, mais, quand vous avez commencé à parler d'elle, j'ai pris mon courage à deux mains pour vous avouer la vérité, Alice.

— Pourquoi avoir attendu si longtemps ? Tout

le monde savait que je me faisais un sang d'encre pour elle.

Harry eut l'air de tomber des nues.

— Pourquoi ne m'en avez-vous rien dit ?

Cette question lui fit l'effet d'une douche froide. Il avait raison. Elle ne lui avait jamais fait part de ses craintes au sujet de Nesta. Parmi tous les gens qui auraient pu la renseigner, elle ne s'était jamais adressée à Harry parce qu'elle avait eu peur de sa mise en garde, le jour de la réunion, et qu'elle savait qu'un médecin ne parlait jamais de ses patients.

— Mais... Harry..., bafouilla-t-elle, Nesta n'était pas malade. Pourquoi vous aurais-je parlé d'elle ?

Il eut à nouveau un petit rire amer.

— Nesta, en bonne santé ? Trouvez-vous normal qu'une femme de son âge prenne du poids, perde ses cheveux et se laisse aller à une telle déprime ?

— Non, mais... là n'est pas le problème, Harry. Je vous demande simplement de me dire quel est le rôle d'Andrew dans toute cette histoire.

Elle se sentait plus calme. Les comprimés avaient agi rapidement sur son organisme. Elle s'appuya contre la table et se pencha vers lui.

Elle lui trouva soudain l'air d'un homme qui, n'en ayant plus pour longtemps à vivre, pouvait tout dire, tout admettre, parce que plus rien n'avait d'importance.

— Il n'y avait que deux hommes dans la vie de Nesta, dit-il. Feast.. et je ne pense pas qu'il soit resté seul avec elle plus de cinq minutes à chacune de leurs rencontres... et quelqu'un d'autre.

— Andrew ? chuchota-t-elle.

— Alice, je vous ai déjà dit qu'il n'y avait aucun

rapport entre lui et Nesta, et je le pense sincèrement. Andrew, Hugo, votre oncle, elle attendait seulement d'eux qu'ils flattent son ego. Croyez-moi, lorsque vous êtes jeune et jolie et que, tout à coup, une vilaine maladie vous défigure, vous vous raccrochez aux gens. Vous cherchez du réconfort auprès d'eux et, c'est l'une des conséquences de la maladie, vous voulez qu'ils vous disent sans arrêt que vous êtes encore belle et désirable.

— Mais de quelle maladie souffrait-elle ? Que pouvait-elle bien avoir ?

— Elle a tout fait pour cacher sa maladie, dit-il à voix basse. Mais je pense que Feast l'avait deviné. Cela explique peut-être cette attirance, le rapprochement de deux êtres aussi différents, l'un manquant de ce que l'autre avait en trop. Je ne pense pas que vous connaissiez le nom de cette maladie...

Une peinture abstraite sur un mur, deux enfants que l'on envoie faire une course pour qu'ils n'écoutent pas...

Le mot compliqué utilisé par Jackie lui revint en mémoire et elle le prononça avec application :

— Myxœdème ?

— Vous en savez des choses, dit-il avec l'ombre d'un sourire.

— Et vous, comment savez-vous tout ça, sur Feast, sur Andrew et sur mon oncle ?

— Maintenant que j'ai commencé, je peux bien vous dire toute la vérité. Eh bien, voilà, l'autre homme dans la vie de Nesta, c'était moi.

Instinctivement, elle avait tendu la main vers le combiné du téléphone. Elle ne pensait qu'à une seule chose : téléphoner à Andrew. Mais il arrêta son geste. Elle se sentit soudain faible et elle eut l'impression que sa force, à lui, était décuplée.

— Laissez-moi terminer, Alice. Ne vous sauvez pas une fois de plus comme une voleuse. Elle me faisait un peu penser à vous, vous savez. Il y avait quelque chose d'indéfinissable... C'était comme si je vous voyais dans un miroir déformant. Je ne pouvais pas vous avoir mais je devais continuer à vivre, vous comprenez ?

— Je veux voir Andrew. J'ai absolument besoin de lui parler.

La colère le fit trembler. Il lui saisit les poignets.

— Ne pouvez-vous pas l'oublier un instant ? Est-ce trop vous demander de me consacrer une demi-heure de votre temps ?

— Très bien, mais...

— Nous nous retrouvions dans un endroit qu'elle connaissait. Cet hôtel minable de Paddington. Je sais que je vais vous choquer, Alice...

Elle secoua la tête d'un air las.

— ... Cela ne pouvait se passer qu'ainsi, à l'abri des regards, dans des conditions sordides... parce que j'étais son médecin, qu'elle était veuve depuis peu de temps, et que, si cela s'était su, j'aurais perdu toute ma clientèle. Ce n'est pas bien beau tout ça, n'est-ce pas ? Oh, j'ai cessé de l'aimer il y a longtemps mais elle avait besoin de moi. Elle disait toujours que, si je la laissais, elle ne serait plus responsable de ses actes et de ses paroles. Je savais qu'elle souffrait de myxœdème, comment aurais-je pu l'ignorer puisque j'étais son médecin et que je vivais près d'elle ? Je savais que si elle ne se faisait pas soigner, elle finirait par devenir une sorte de retardée mentale obèse, incapable de subvenir à ses besoins. Mais elle était imbue d'elle-même et j'avais beau lui dire que sa vanité n'était qu'un autre symptôme de sa maladie, cela ne changeait rien à son comportement. Elle me disait toujours : « Laisse-moi tranquille. Je vais bientôt guérir. Tu me harcèles parce que tu veux te débarrasser de moi. »

Se débarrasser d'elle. Les mots grouillaient dans son cerveau comme des vers. Elle eut soudain envie qu'il s'arrête de parler, envie de prendre l'air dans la fraîcheur de la nuit.

— S'il vous plaît, ne partez pas !

La voix suppliante, aux intonations aiguës lui fit l'effet du crissement d'une craie sur un tableau noir. Elle sentit des perles de sueur humidifier sa lèvre supérieure.

— Laissez-moi tout vous raconter.

Il marqua un temps d'arrêt puis continua d'une seule traite.

— Elle m'a annoncé un jour qu'elle en avait assez de travailler, qu'elle ne tiendrait pas le coup. Avec l'argent du magasin, elle comptait rester pendant quelque temps dans cet hôtel de Paddington avant de prendre une décision définitive. Je pourrais venir la voir quand j'en aurais envie, m'avait-elle dit. D'un côté, j'étais soulagé, mais, de l'autre, j'étais encore plus angoissé. J'étais même terrorisé. Je savais que tôt ou tard elle serait obligée de consulter un autre médecin, elle ne pouvait faire autrement, et que lui raconterait-elle ?

— Je ne veux plus écouter ! Je ne veux pas savoir.

— Asseyez-vous, Alice. Je vous en prie

— Je sais ce que vous allez me dire, que vous lui avez donné un médicament, qu'elle a mangé du fromage et...

— Pas du tout, dit-il avec étonnement. Cela ne lui aurait fait aucun mal. Sa tension aurait grimpé et les gens qui souffrent de myxœdème ont une tension artérielle basse. Oh ! Alice, ma pauvre Alice, que vous êtes-vous imaginé ?

— Que s'est-il passé alors ?

— J'avais la clef de son magasin. Je devais la retrouver là-bas la veille de son départ, après qu'elle aurait dit au revoir à tout le monde. Je voulais la convaincre une dernière fois de suivre un traitement...

Il hésita un moment :

— Si vous saviez, Alice. J'ai tout fait pour qu'elle prenne les extraits thyroïdiens dont elle avait besoin pour que sa glande thyroïde fonctionne normalement. Je lui en avais même donné sous la forme de comprimés en lui disant que c'étaient des euphorisants. Mais elle n'a jamais voulu les prendre. À cette époque, elle refusait systématiquement tout ce que je lui prescrivais.

L'édifice qu'il construisait prenait les proportions d'une maison de cauchemar, une maison remplie de pièces qui se succédaient d'étage en étage jusqu'au toit abritant un mystérieux grenier. Alice voulait dévaler les marches des escaliers et sortir de la maison en hurlant, mais il la forçait à grimper toujours plus haut.

— S'il vous plaît, Harry...

— Je ne suis arrivé chez elle qu'à 21 heures 30. Je l'ai appelée mais elle n'a pas répondu. Alors, je suis monté jusqu'à son appartement et je l'ai trouvée allongée sur son lit. Les draps et les couvertures avaient été rangés dans un carton et elle était allongée à même le matelas.

Il s'arrêta encore une fois comme s'il avait peur de continuer. Alice poussa un petit cri inarticulé.

— Elle était... elle était inconsciente. Je ne savais ce qui lui était arrivé, mais elle avait pris... Mon Dieu, j'aimerais tellement que vous compreniez ce que j'ai ressenti à ce moment-là. Pour retrouver enfin ma liberté.. un minuscule coup de pouce aurait suffi... même pas... simplement ne rien faire et la laisser mourir. Personne n'en aurait rien su. À quoi bon la sauver puisqu'elle allait sombrer dans la déchéance ? Dehors, la terre venait d'être fraîchement retournée. Je l'ai regardée, étendue là, avec son faux chignon qui se détachait de ses cheveux, puis j'ai regardé par la fenêtre les fosses vidées de leurs cercueils.

Elle laissa échapper un véritable cri de terreur.

— Qu'est-ce que vous essayez de me dire ? (Son regard tomba sur le verre vide devant elle.) Non, non, Harry. Non !

Elle était arrivée tout en haut de sa maison de cauchemar et il se tenait juste derrière elle, la poussant pour qu'elle aille plus vite. Les portes s'étaient ouvertes l'une après l'autre et elle avait vu au passage des meubles et des objets qui avaient pris des formes de plus en plus terrifiantes au fur et à mesure qu'elle s'approchait du but. Ils étaient maintenant arrivés au sommet et il ne restait plus qu'une porte à ouvrir.

Les portes... Elle s'était cassé le nez sur beaucoup d'entre elles, ces dernières semaines. Certaines s'étaient entrouvertes sur une lueur d'espoir, sur l'apparition fugitive d'une silhouette vêtue de noir. D'autres s'étaient refermées sur le désespoir. C'était la dernière et, dans un moment, elle allait s'ouvrir.

Elle recula d'un pas, à deux doigts de crier à l'aide. Il s'approcha d'elle et murmura quelque chose entre ses dents, sa silhouette prenant des proportions de plus en plus gigantesques devant l'embrasure de la fenêtre. Elle entendit des bruits étouffés derrière la porte, puis des pas résonnèrent distinctement. Elle devait à tout prix s'enfuir, rejoindre Andrew au plus vite.

Est-ce que la porte s'ouvrait vraiment, ou était-ce le fruit de son imagination ? Il y eut un faible déclic et le loquet commença à se soulever. C'était une vieille porte avec une plaque de propreté noire et une poignée chromée, de forme oblongue, qui bougea lentement vers le bas comme un lézard sur un mur.

Alice voulut se voiler la face mais elle ne put s'empêcher de voir, entre ses doigts écartés, la porte s'ouvrir doucement, s'immobiliser un instant, puis s'ouvrir à nouveau.

Un petit courant d'air frais s'engouffra par l'ouverture, précédant l'apparition d'une mèche de cheveux blonds et d'un bout de chaussure noire.

Tout son corps ne formait plus qu'un nœud inextricable de muscles et de nerfs contractés au maximum. Un cri monta à l'intérieur d'elle-même avant de mourir dans le fond de sa gorge. Son regard enregistra dans un éclair le chignon blond, le tailleur pied-de-poule noir et blanc et les mains gantées tenant un *vanity case* sur lequel brillaient les initiales bien connues.

— Tiens, Alice, quelle bonne surprise ! Il y a longtemps que je ne t'ai pas vue.

14

Recroquevillée dans son fauteuil, la tête sur ses genoux, elle se remettait peu à peu de ses émotions. Elle se cogna les dents contre le rebord du verre qu'Harry avait approché de sa bouche et l'eau éclaboussa le manteau de Jackie.

Il régnait dans la pièce un silence de mort. Les battements de son cœur soulevaient sa poitrine. Puis Harry rompit le silence en toussotant nerveusement et en traînant les pieds jusqu'à l'évier où il rinça le verre à grande eau.

Le regard qui la fixait n'était pas celui de Harry. Elle leva la tête et le rencontra. Une vache normande, une poupée de porcelaine, une limace peinturlurée, aucune de ces appellations ne correspondait à la jeune femme assise sur le bureau, qui la contemplait en balançant ses longues jambes fuselées. Nesta était belle. Ses cheveux dorés, tombant en cascade autour de son visage, ressortaient d'autant plus que les murs et la porte matelassée étaient vieux et délavés. Son teint n'avait jamais été aussi éclatant. Alice se souvenait d'une peau terne recouverte d'une épaisse couche de maquillage. Nesta avait perdu du poids. Au lieu de la mouler comme une seconde peau, son tailleur pied-de-poule lui allait à ravir.

Elles se dévisageaient sans rien dire. Les lèvres de Nesta étaient entrouvertes comme si elle voulait parler mais qu'elle en était incapable, et son mutisme renforçait l'impression qu'elle n'était qu'un mirage. Ce fut Harry qui brisa la glace. Quand il vit qu'Alice recouvrait ses esprits, il s'approcha de Nesta et lui siffla dans les oreilles.

— Tu aurais pu t'annoncer au lieu d'entrer ici comme un rat d'hôtel. Et puis d'abord, qu'est-ce que tu viens faire ? Je croyais qu'ils ne te laisseraient sortir que la semaine prochaine.

Nesta battit des cils. Dès qu'elle fut en mesure de parler, les mots se bousculèrent dans sa bouche.

— Je me porte comme un charme. Ils en avaient assez de me voir, alors ils m'ont laissée sortir. J'ai pensé que c'était la moindre des choses de rendre visite à mon dévoué médecin.

Alice pouvait à peine en croire ses yeux. C'était bien Nesta. C'était bien elle qui prononçait ces mots. Mais c'était la Nesta qu'elle avait connue à son arrivée à Salstead, pas celle qui s'était enfuie sans laisser d'adresse. Son rire cristallin résonna dans la pièce et ses mains gantées frappèrent le rebord du bureau.

— Je suis allée chez Feast dès mon arrivée à Salstead pour récupérer mes affaires et me refaire une beauté. Je n'allais pas rester une minute de plus dans cet horrible imperméable rouge que tu m'as offert, Harry.

Elle se tourna vers Alice et lui adressa un sourire complice.

— Un imperméable rouge, non, mais tu te rends compte !

Sans savoir pourquoi, peut-être par soulagement ou pour lui signifier son pardon, Alice posa sa main sur celle de Nesta qui pressa la sienne à son tour. Nesta pencha la tête pour respirer le bouton de rose accroché à sa boutonnière.

— Je reconnais que je te dois des excuses, Alice. (Elle avait l'air si désolé qu'Alice secoua la tête avec véhémence.) Oh ! si, je t'en dois ! J'ai été odieuse avec toi et j'ai l'impression que tu t'es fait beaucoup de souci à mon sujet.

— Ça, c'est le moins qu'on puisse dire, s'exclama Harry.

— Mais où étais-tu passée ? J'ai cru que tu étais morte, dit Alice en rougissant.

— Il s'en est fallu de peu. Les dernières semaines que j'ai passées à Salstead ont été un enfer, tu sais.

Elle hésita et réajusta nerveusement une mèche de cheveux. Puis elle continua rapidement tout en regardant Harry du coin de l'œil.

— J'ai été très malade. Quelque chose n'allait pas... dans mon métabolisme. Cela ne se voyait pas *physiquement*. Tout se passait dans ma tête.

— N'importe quoi ! intervint Harry.

Elle lui lança un coup d'œil indigné.

— J'étais dans un tel état la veille de mon départ... (Elle esquissa un sourire douloureux qui accentua l'arc de ses sourcils.) Crois-moi, cela ne m'a pas remonté le moral de voir la famille Graham en pleine effervescence dans son restaurant, puis Hugo et Jackie avec leurs gamins. En arrivant chez ton oncle, j'étais au trente-sixième dessous. Je suis allée dans la cuisine pour dire au revoir à Mrs Johnson...

— Cette vieille toquée lui a dit qu'elle avait un truc pour calmer les nerfs et elle lui a donné une petite bouteille avec trois comprimés de Tofranil, continua Harry. Elle ne trouve rien de mieux à faire que de distribuer à tout venant les médicaments que je lui prescris.

— À moi aussi, elle a essayé de m'en donner l'autre jour, dit Alice.

— Nesta, elle, a été assez stupide pour accepter.

— Quand je suis monté voir Pernille, j'ai fait un arrêt dans votre salle de bain pour prendre un peu d'eau dans un verre à dents et avaler les comprimés.

— Le Tofranil fait baisser la tension, ce qui est très dangereux pour quelqu'un qui souffre de myxœdème.

Nesta tressaillit en entendant le mot et Alice lui prit la main.

— Ce médicament provoque d'autres effets secondaires, continua Harry sans s'attendrir. Tremblements nerveux, tachycardie, perte d'appétit.

— Et puis je me suis sentie tellement mal en point quand je suis rentrée que je me suis allongée pour me reposer un peu. J'ai dû m'évanouir car il paraît que Harry a essayé de me réveiller, mais je ne m'en souviens même pas. Il m'a sauvé la vie et je lui en serai toujours reconnaissante. Il n'y avait plus de place à la clinique de Pollington, alors, il m'a envoyée d'urgence à l'hôpital d'Orphingham.

— *Orphingham* ? Tu veux dire que tu es restée là-bas pendant tout ce temps ?

C'était incroyable, mais cela effaçait d'un coup toutes mes hypothèses. Pendant qu'elle courait du poste de police à la poste, pendant qu'elle poursuivait une ombre chez la fleuriste ou dans la rue, Nesta était couchée cent mètres plus loin dans un lit d'hôpital.

— Harry venait me voir deux ou trois fois par

semaine. Je m'étais mise d'accord avec lui pour que personne à Salstead ne sache que j'étais là. Puis il m'a conseillé de t'écrire un mot. Il paraît que tu allais mettre un avis de recherche dans le journal local et tu aurais par conséquent découvert où j'étais. Les infirmières auraient pu lire l'annonce, ou même l'un des malades. Bien sûr, j'ai hésité avant de t'envoyer cette lettre, mais je savais que tu aurais été bouleversée en me voyant dans cet état.

— Ne dis pas n'importe quoi, dit Harry avec humeur. Elle était surtout terrifiée à l'idée que vous puissiez la voir sans maquillage, Alice. Ils lui avaient interdit d'en mettre à l'hôpital et ils lui avaient même retiré son faux chignon. Il ne fallait surtout pas cacher les symptômes. Elle ne voulait pas que vous constatiez l'état de décrépitude où son orgueil l'avait conduite.

— Ça suffit, dit Alice. (Elle se leva et mit un bras protecteur autour des épaules de Nesta.) Ne retournez pas le couteau dans la plaie.

— Je m'étais habituée aux infirmières, murmura Nesta, mais c'était quelquefois pénible de les entendre plaisanter sur mon compte. Il n'y en avait qu'une avec qui je rigolais de temps en temps.

Elle soupira et releva la tête.

— C'était une chic fille. Ce n'était pas comme Harry qui n'arrêtait pas de m'envoyer des piques à chaque fois qu'il venait me voir. Dès que je me suis sentie un peu mieux, il m'a apporté une cargaison de livres ennuyeux comme la pluie en me disant que ce serait une excellente thérapie. Il voulait aussi que je fasse une formation par correspondance. Heureusement que l'infirmière m'achetait des magazines pour me changer les idées.

— Bref, j'ai fini par lui prêter ma machine à écrire, dit Harry avec impatience, On ne sait jamais, elle pourrait se lancer dans le secrétariat. Ça rapporte plus que de vendre des fleurs.

Nesta lui lança un regard noir avant d'enchaîner :

— J'ai tellement honte de moi, Alice. Je ne sais pas comment t'expliquer. Tu vois, je ne voulais pas que tu te fasses du souci pour moi, mais, en même temps, je ne voulais pas que tu me voies. Bon, je vais essayer d'être claire. Cette infirmière dont je t'ai parlé, miss Curry, elle m'a dit qu'elle trouvait drôle que je ne reçoive aucune lettre. Peut-être qu'on ne savait pas où j'étais ? Elle m'a proposé de déposer un avis de réexpédition à la poste pour qu'on m'envoie mon courrier à l'hôpital. Elle m'a dit qu'elle trouvait ça triste, les gens qui ne recevaient jamais de lettres. Cela lui rappelait un vieil homme qui habitait une maison appelée *Sewerby* dans Chelmsford Road, tout près de chez sa mère. Personne ne lui écrivait jamais, m'a-t-elle dit, et quand il se rendait à la poste pour toucher sa pension, il tombait toujours sur cette affiche qui disait : « Vite, vite, quelqu'un attend votre lettre », et cela lui faisait mal au cœur. Elle a ajouté en riant que ceux qui recevaient du courrier à Chelmsford Road pouvaient s'estimer heureux, tellement le nouveau facteur était peu dégourdi.

— Oh, Nesta ! s'exclama Alice avant de rire faiblement.

— Tu me connais, Alice. J'ai toujours adoré les puzzles, les mots croisés, les rébus, tous les jeux un peu compliqués qui occupent l'esprit.

— Continue, dit Harry.

— D'accord, mais laisse-moi raconter à ma façon. J'ai rempli une fiche et j'ai mis *Sewerby* comme dernière adresse. (Alice leva la tête mais ne l'interrompit pas.) Je pensais que le courrier arriverait directement à l'hôpital... Je ne te raconte pas d'histoires, je te le jure... Mais après, je me suis dit : « Zut ! L'infirmière verra sûrement que j'ai mis une fausse adresse en m'apportant le courrier et qu'est-ce qu'elle pensera de moi ? » Alors, j'ai décidé de le faire suivre à l'hôtel *Endymion*. Je connaissais bien cet endroit et je savais que je pourrais y récupérer mes lettres à ma sortie de l'hôpital. Ils me disaient toujours : « Vous sortirez dans une semaine ou deux, Mrs Drage. » Comment je pouvais savoir que tu continuerais à m'écrire et que tu te mettrais dans tous tes états ?

— Le moins qu'on puisse dire, c'est que tu as tout fait pour que je ne t'écrive pas. Tes lettre étaient plutôt succinctes.

— Oui, je sais, mais ce n'était pas ma faute. Je n'arrivais pas très bien à me servir de la machine. Au bout de quatre lignes, j'étais complètement épuisée. Mais tu sais, Alice, il ne faut pas en vouloir à Harry. Il n'était pas au courant de mon petit manège au sujet des adresses.

— Je me demande comment tu as pu croire que ton plan marcherait. Enfin, le facteur aurait très bien pu s'apercevoir que tu n'avais jamais habité *Sewerby* et j'aurais aussi bien pu ne pas envoyer la bague...

— C'est là qu'intervient Harry. Tu ne lui avais pas parlé de cette histoire mais il en avait eu vent par la rumeur publique.

Harry la coupa brutalement.

— Laisse-moi lui raconter la suite, veux-tu ? J'ai rencontré votre belle sœur, Alice. Elle m'a dit que vous aviez écrit à Nesta. Je ne connaissais pas les détails de votre lettre et je ne tenais pas à les connaître. Je m'en suis tenu à ce qu'elle m'a dit, c'est tout. Vous comprenez ?

Alice comprenait. Il aurait eu trop peur d'en connaître le contenu.

— Nesta ne voulait plus taper, continua-t-il. Alors, j'ai repris la machine. Andrew m'avait dit en avoir besoin d'une et je la lui ai apportée le jour où vous étiez à Orphingham. Vous savez que ne peux pas le supporter — inutile de prétendre le contraire — et l'idée qu'il allait encore dépenser votre argent m'était intolérable. Après cette voiture et cette montre que vous lui aviez offertes, je n'allais tout de même pas le regarder dépenser des centaines de livres pour un autre de ses caprices.

Alice réussit à ne pas laisser éclater sa colère mais on pouvait la deviner au léger vibrato de sa voix.

— Décidément, vous ne comprendrez jamais, Harry...

— Je suis désolé. Je n'aurais pas dû vous dire ça. N'en parlons plus. Andrew m'avait dit que vous étiez allée à Orphingham pour chercher Nesta. Il m'a dit qu'elle vivait là-bas dans une maison individuelle. Je ne comprenais plus rien du tout. Je lui avais rapporté un livre que je lui avais emprunté et que Nesta venait de terminer. Je l'ai posé sur la table et je me suis sauvé en prétextant une visite urgente. Le lendemain, nous nous sommes vus à la dégustation de fromages. Vous m'avez dit que vous recherchiez Nesta et vous avez commencé à poser des questions à Daphné Feast. J'étais sur le point de vous révéler où elle se trouvait, mais il y avait trop de monde autour de nous — et cette satanée bonne femme qui me cassait la tête avec son régime... Je vous ai dit que vous pouviez passer me voir si vous aviez un problème quelconque. C'était un prétexte pour vous parler entre quatre-z-yeux, mais vous n'êtes pas venue et...

— Alors, je lui ai tout raconté, dit Nesta. J'ai vidé tout mon sac, ajouta-t-elle en gloussant. Mon Dieu, j'ai bien cru qu'il allait me battre tellement il était fou de rage. Quand, en plus, je lui ai dit que le courrier allait être expédié à l'hôtel *Endymion,* il a failli avoir une attaque.

— Je suis allé récupérer les lettres, dit Harry entre ses dents. Mais après cela, je ne pouvais plus rien vous dire, Alice. Vous l'auriez répété à Andrew et il se serait fait une joie de me faire passer devant le Conseil de l'Ordre des médecins. Vous imaginez le tableau ? Mr Drage, alias Mr Blunden, entraîne ses clientes dans un hôtel, et quel hôtel !

Nesta baissa les yeux sur ses gants d'un air faussement désolé.

— Pauvre Harry ! Il aurait été rayé de l'Ordre des médecins. Tu l'imagines, Alice, faisant du porte à porte comme visiteur médical ? C'est ce qui arrive aux médecins déchus. J'ai vu ça à la télé.

— Oh, tais-toi ! dit Harry. (Il se tourna vers Alice.) Une fois que j'ai pu mettre la main sur les lettres, j'ai commencé à respirer. Mais quand vous avez commencé à soupçonner une liaison entre Andrew et Nesta, j'ai cru bon de mettre les choses au point.

— Ce n'est même pas la peine de continuer, dit Alice. Tout me paraît clair, sauf une chose. Si tu voulais faire croire que tu habitais *Sewerby,* Nesta, pourquoi ne l'as-tu pas fait ?

— Mais bien sûr que je l'ai fait.

Nesta mit un moment avant de réagir.

— Tu as aimé *Phinéas Finn* ? demanda-t-elle abruptement.

— J'ai aimé... quoi ?

— Un roman victorien avec une couverture marron et bleu.

— Tu veux parler du livre d'Andrew ? Écoute, Alice, ma bonne volonté a des limites. Je suppose qu'Harry s'était mis dans la tête de m'instruire. J'ai feuilleté quelques pages, j'ai regardé les images et crois-moi, ça m'a suffi.

— Cela a suffi, en tout cas, pour que tu fasses une confusion et que tu écrives *Saulsby* à la place de *Sewerby.*

Se souvenant des paroles du jeune inspecteur, elle ajouta doucement :

— C'est le genre d'erreur que tout le monde peut faire.

Nesta porta la main à sa bouche. Puis elle dit au bout d'un moment :

— Pas étonnant que je n'arrive jamais à finir mes mots croisés.

— Je vais vous reconduire, Alice, dit Harry d'un air las.

Il fouilla dans sa poche et tendit quelque chose à Nesta. C'était un anneau serti de petits éclats de diamants qui étincelèrent sous la lumière.

— Au fait, j'ai ça dans ma poche depuis une semaine. J'ai complètement oublié de te le donner.

Nesta retira lentement le gant de sa main gauche puis elle montra fièrement son annulaire.

— Eh bien, je crois que je n'en aurai pas besoin.

Le gros diamant noir qui brillait à son doigt devait coûter une fortune.

— C'est un cadeau de mon fiancé. — Oh, vous ne le connaissez pas ! C'est un homme important dans son domaine. Il a eu un accident avec sa Jaguar le jour de l'ouverture de la rocade. Il est rentré dans un camion, mais, heureusement, il s'en est sorti avec seulement une jambe cassée.

Elle éclata de rire en voyant leurs regards

médusés. Alice se souvint qu'elle avait entendu une sirène d'ambulance alors qu'elle était chez les Feast. Le puzzle se reconstituait peu à peu. C'était ce jour-là qu'elle avait conclu que Nesta était morte, alors que l'ambulance était l'instrument du destin qui allait faire renaître Nesta à la vie.

— Bien sûr, il avait une chambre individuelle à l'hôpital, continua Nesta. Mais il y avait une ravissante salle de repos, commune aux passagers de première et deuxième classe.

Elle rit de sa propre plaisanterie.

— Je ne le connais que depuis une semaine. C'est ce qu'on appelle un coup de foudre. Ne fais pas cette tête-là, Harry. Je ne lui parlerais jamais de toi, promis.

Elle enfila son gant et croisa les doigts pour conjurer le sort.

— Je ne tiens pas à le perdre, lui...

— Je ne comprends pas pourquoi j'étais persuadée qu'elle était morte.

— C'était peut-être ce que vous espériez, répondit tranquillement Harry.

— Moi ? Espérer la mort de Nesta ? Mais comment pouvez-vous dire une chose pareille ? J'ai passé des jours et des jours à la chercher. J'ai failli en devenir folle. J'ai dépensé je ne sais combien d'argent pour la retrouver.

— Pourquoi vous-êtes vous habillée et maquillée comme elle ?

— Je...

Oui, au fait, pourquoi ? Elle prit son mouchoir et commença à frotter le bleu sur ses paupières.

— Vous ne lui ressemblez pas, vous savez, dit-il avec impatience. Ce que vous voyez dans le miroir n'est pas la véritable image. C'est une inversion latérale. Ce n'est pas ce que les autres voient, Alice. Je crois qu'en vous regardant dans le miroir, vous avez cru quelquefois y voir Nesta et qu'une partie de vous-même s'est identifiée à elle.

Quand il arrêta la voiture après s'être engagé dans Station Road, elle le regardait toujours fixement. Puis il tourna la tête vers elle et planta son regard dans le sien.

— Vous voyez, Alice, Nesta avait réussi là où vous aviez échoué. Vous étiez encore vieille fille à trente-sept ans, vous étiez riche mais vous n'aviez pas de métier. Nesta, elle, s'était mariée jeune. Elle travaillait pour gagner sa vie et elle savait s'y prendre pour plaire aux hommes. Vous n'avez commencé à l'apprécier vraiment que lorsqu'elle est tombée malade.

— Je la plaignais de tout mon cœur.

— Peut-être bien. Vous aviez cessé de vous plaindre de votre sort parce que vous aviez rencontré Andrew et que vous alliez vous marier. Puis Nesta a disparu de la circulation. Entre temps, les rôles s'étaient inversés, mais vous ne vouliez pas perdre cette autre partie de vous-même qui se retrouvait seule comme vous l'aviez été. L'argent vous l'aurait ramenée comme il vous restituait tout ce qui vous échappait.

— Non ! cria-t-elle. Non, Harry. Ce n'est pas vrai !

— Pourquoi n'acceptez-vous pas la vérité ? Nous agissons tous de cette façon. Vous avez commencé à découvrir des choses sur elle, la façon dont elle avait attiré Andrew dans ses filets, par exemple. Peut-être avait-elle séduit d'autres gens de la même façon ?

Alice cacha son visage dans ses mains.

— Chacune des facettes de Nesta que vous

avez découvertes contribuait à détruire cette autre image, jusqu'au coup de grâce : la prétendue infidélité d'Andrew.

Puis il ajouta, guidé par son intuition :

— Vous avez cloué cette image sur un cercueil et vous vous en êtes débarrassée. Peut-être même l'avez-vous tuée. Qui vous a mis dans la tête cette histoire de fromage et de médicament ? Ou alors, si vous ne l'aviez pas tuée vous-même, Andrew s'en était chargé à votre place. Il avait détruit ce qui était beau, jeune et désirable.

— Comme vous devez me détester, Harry !

— La haine, vous dirait Nesta, est souvent proche de l'amour.

— Pas ce genre de haine. Vous étiez prêt à tout pour empêcher Nesta de parler. (Elle éclata en sanglots et se cramponna à la portière de la voiture.) J'aurais pu vous pardonner si vous vous étiez contenté de me rendre malade, mais... pourquoi avez-vous essayé de m'empoisonner, pourquoi ?

Elle respirait difficilement, hoquetant entre deux sanglots. Ce qu'il allait faire, elle n'en savait rien. Après cette débauche de terreur qu'elle avait connue à *Vair* puis au cabinet de consultation — terreur qui, même si elle s'avérait maintenant sans fondement, n'en avait pas été moins réelle —, elle se sentait incapable d'en reculer les limites.

Au moment où elle ouvrit la portière, il lui toucha le bras.

— Comment vous sentez-vous ?

La question lui parut à la fois tellement anodine et tellement déplacée, étant données les circonstances, qu'elle la ressentit comme une insulte.

— Qu'est-ce qui vous prend de vous préoccuper de ma santé ? Comment croyez-vous que je me sois sentie jusqu'à présent ? Dois-je vous rappeler que j'étais malade, terrifiée à l'idée de manger et que je soupçonnais tous les gens que j'aime de vouloir me tuer ?

— Vous n'êtes pas malade, dit-il, et personne n'a essayé de vous empoisonner. Vous attendez un enfant, Alice.

Elle sortit de la voiture sans dire un mot. L'air était vif et frais. Elle s'appuya contre une aile et se mit à pleurer. Harry vint la rejoindre.

— Je ne le savais pas au début, dit-il, mais je m'en suis douté quand je vous ai vue dans cet état, le jour de la dégustation de fromages. Cela s'est confirmé par la suite lorsque vous vous êtes évanouie à Vair, mais Andrew n'a pas voulu que je vous examine.

Il poussa un profond soupir.

— Cela m'arrangeait, d'une certaine façon. Vous savez, quand vous êtes amoureux d'une femme et qu'elle épouse quelqu'un d'autre, le seul moyen de ne pas sombrer est de se réfugier dans les rêves. Vous perdez pied avec la réalité et vous vous persuadez qu'il s'agit d'un mariage de raison. Au fond de vous-même, vous savez que ce n'est pas vrai, que c'est un mariage dans tous les sens du terme, mais vous continuez de vous leurrer, vous vous noyez dans des chimères et vous finissez par vous prendre au jeu.

Il la regarda et fit un geste comme s'il voulait lui prendre la main, mais tout son corps se raidit et elle vacilla sur place, le vent soufflant dans ses cheveux.

— Puis il est arrivé quelque chose d'autre, quelque chose qui vous concernait. Je ne pouvais me leurrer plus longtemps. J'ai souffert dix fois plus que je n'avais souffert le jour où vous m'avez dit que vous étiez fiancée. C'est à ce moment-là que votre mariage a pris sa véritable signification. Mais je ne voulais pas vous annoncer la nouvelle. Un spécialiste le ferait à ma place. (Il eut un petit rire amer.) Comme si vous aviez besoin d'un spécialiste. N'importe quelle sage-femme aurait pu le deviner, rien qu'à la façon dont vous marchiez, à vos joues rebondies qui vous donnaient tout à coup dix ans de moins que votre âge, à vos malaises, aussi. Pourquoi, d'après vous, vous êtes-vous fait tout ce film sur Nesta ? Ne vous est-il jamais venu à l'esprit — mais peut-être que cela vous saute aux yeux, maintenant — que vous étiez victime de votre imagination débordante, stimulée par votre grossesse ?

Elle continua de le regarder sans rien dire. Une pluie fine s'était mise à tomber, à peine plus dense qu'un épais brouillard. L'air humide était devenu irrespirable. Au contact de sa peau, il se transformait en gouttelettes d'eau.

— Laissons quelqu'un d'autre leur apprendre la nouvelle, me suis-je dit. Je savais que le spectacle de votre bonheur me serait insupportable.

Sa voix se brisa et il dut s'éclaircir la voix.

— En être le témoin et savoir que je n'y étais pour rien...

— Je suis heureuse, dit-elle.

Elle referma le col de son manteau et pressa ses mains sur sa taille. Son visage était radieux. Le bonheur s'épanouissait en elle comme une fleur.

— Partons, dit-il.

— Non.

Harry baissa les yeux et son visage se couvrit tout à coup d'un masque inexpressif.

— Je vais téléphoner à Andrew pour lui dire de venir me chercher.

— Andrew ! dit-il amèrement. Toujours

Andrew. C'est drôle, mais je n'ai jamais cessé d'espérer. Je pensais que le temps jouerait en ma faveur. Il vous quitterait un jour et alors... vous vous tourneriez vers moi.

— Andrew ne me quittera jamais, dit-elle avec fermeté.

Elle s'éloigna de lui d'un pas rapide et ne se retourna même pas. La cabine téléphonique située à l'angle de la Grand-Rue était libre. Une bande de jeunes s'attardaient à la sortie du *Bodicea.* Bien qu'elle fût décoiffée et que son rouge à lèvres fût presque effacé, un des garçons lui lança un sifflet admiratif. Elle s'engouffra dans la cabine et ferma la porte avec cet air à la fois amusé et faussement modeste qu'elle avait déjà remarqué chez d'autres femmes et qu'elle prenait aujourd'hui pour la première fois de sa vie.

Ce ne fut qu'en décrochant le combiné qu'elle s'aperçut qu'elle n'avait pas d'argent. Oui, *elle n'avait pas d'argent.* Pendant toutes ces années où elle avait dépensé sans compter, elle avait toujours eu une liasse de billets sur elle. Mais aujourd'hui qu'elle voulait simplement faire quelque chose que les plus pauvres pouvaient se permettre, elle n'avait pas la moindre petite pièce de monnaie.

Cela ne faisait rien. Elle pouvait marcher. L'indépendance lui donnait des ailes. Elle agissait comme un tonique, revigorant et joyeux, qui paradoxalement la renvoyait à Andrew.

En sortant de la cabine, elle fut éblouie par les phares d'une voiture. Elle crut un instant que c'était Harry qui revenait et elle se sentit partagée entre la pitié et la colère. Elle leva la main pour se protéger les yeux et avança dans la lumière. La petite voiture rouge brillait d'un éclat presque joyeux.

— Andrew, dit-elle calmement comme s'ils se

retrouvaient pour un rendez-vous arrangé depuis longtemps.

— Bell, mon ange !

Il bondit hors de la voiture et la prit dans ses bras. Un concert de sifflements accompagna leur étreinte. Andrew ne sembla pas les remarquer.

— Je t'ai cherchée partout. Je croyais que tu voulais me quitter. Je suis allé au *Bodicea* pour voir si tu étais avec Justin. Mais avec qui étais-tu ?

— Avec des fantômes !

« Je te raconterai plus tard », faillit-elle ajouter. Elle se contenta de sourire. Elle ne pouvait pas lui dire qu'elle l'avait soupçonné de l'avoir trompée et d'avoir organisé un plan machiavélique aboutissant à un meurtre. Aucun mariage, même aussi récent que le sien, n'y survivrait. L'amour se construisait avec de la patience, une confiance mutuelle... et du temps. Oui, le temps dissiperait les quelques mystères qui subsistaient.

La fatigue s'abattit sur elle comme une chape de plomb, éteignant sa dernière étincelle d'énergie. Elle monta dans la voiture avec précaution, ménageant son corps qui abritait un embryon de vie. En arrivant chez eux, il ne manquerait pas de lui demander des explications qu'elle serait obligée de lui donner. Elle savait maintenant ce qu'elle allait lui dire. À qui s'adresse une femme lorsqu'elle croit qu'elle est enceinte, sinon à son médecin ? Sa fuite dans la nuit, son état fébrile, tout cela était compatible avec les craintes et les espoirs qu'engendrait son état.

Pendant un moment, elle ne décrocha pas une parole. Il la regardait tendrement.

— Je viens de rencontrer quelqu'un que nous connaissons bien, dit-il après une courte hésitation.

Elle sortait de chez les Feast et montait dans une énorme Jaguar avec une aile emboutie.

— Je sais.

— Tu l'as vue, toi aussi ? Je ne lui ai pas parlé. Je te cherchais.

Épilogue

Alice arrangea la couverture dans le landau. Le bébé dormait maintenant à poings fermés et, en regardant son petit visage serein, elle lui trouva déjà une ressemblance avec son père. Ils avaient le même teint mat et la même couleur de cheveux

Elle poussa le landau à l'ombre du petit porche. Andrew aimait le voir quand il rentrait du collège en fin d'après-midi. Elle allait pouvoir consacrer les deux heures qu'elle avait devant elle à la lecture du livre. Il était arrivé de chez l'éditeur par le courrier du matin et elle avait lu le titre pour la centième fois : *Trollope et la Chambre des Communes*, d'Andrew Fielding.

Son regard tomba sur le nom de *Saulsby* dans le chapitre deux. Elle sourit en se souvenant de sa réaction, la dernière fois qu'elle avait lu ce mot. Elle avait résolu de ne jamais avouer à Andrew ce qu'elle avait soupçonné mais il était cependant resté un point à éclaircir.

— Pourquoi n'as-tu pas réagi au mot de *Saulsby* quand tu m'as entendue le prononcer ? Tu te souviens ? Je revenais d'Orphingham et tu avais tout préparé pour le thé.

Il avait ri et l'avait serrée très fort contre lui pour atténuer sa moquerie.

— À quoi ressemble le mot *Saulsby* quand on le prononce la bouche pleine de cake aux fruits ?

— Oh, Harry ! Ne me dis pas que tu avais compris *Salisbury* !

— Il doit y avoir une maison portant ce nom dans tous les villages d'Angleterre.

Elle tourna la page en souriant, émerveillée qu'un mot de sept lettres, cause de tant d'angoisse, n'ait été, après tout, qu'une minuscule pièce d'un immense puzzle enfin reconstitué.

Composition réalisée par JOUVE

IMPRIMÉ EN FRANCE PAR BRODARD ET TAUPIN
La Flèche (Sarthe).
Imp. : 13874 – Edit. : 25058 - 06/2002
ISBN : 2 - 7024 - 2250 - 0
52/0439/1